HET LICHT IN DE STAD

INGE SCHILPEROORD

Het licht in de stad

Uitgeverij Podium
Amsterdam

De auteur ontving voor het schrijven van dit boek
een projectsubsidie van het Nederlands Letterenfonds.

Dit boek kwam deels tot stand tijdens
schrijversresidenties in Cognac, Frankrijk
(project Les Phares du Nord),
bij de Jan van Eyck Academie in Maastricht
en in Hawthornden Castle, Schotland.

Omslagontwerp Rouwhorst + van Roon
Beeld omslag Johannes Schmoelz/Eyeem/ANP
Typografie Ar Nederhof
Foto auteur Keke Keukelaar

ISBN 978 94 6381 069 2

www.uitgeverijpodium.nl

I talk to God but the sky is empty.

Sylvia Plath

I

– I –

Buiten was het duister en koud. Binnen, in het helle, gele licht van de metro waren alle gezichten afwerend. Niemand lette op haar. Langzaam bracht Sophie haar hoofd dichter naar haar weerspiegeling in de ruit, en met haar beide handen veegde ze de wasem van het raam. Het was pas halverwege de middag, maar de herfstwolken maakten het al donker. Ingespannen keek ze ernaar. Zie je wel, probeerde ze zichzelf moed in te praten, het wordt beter. Vluchtig keek ze zichzelf aan door de strepen die haar vingers hadden achtergelaten op het glas. Wacht maar. Het kan niet anders dan beter worden. De zomer is eindelijk voorbij.

Ze staarde naar de stad in de voortjagende duisternis. Er waren een paar verloren lichten te onderscheiden, vervaagd door de regen. Maar toen ze haar ogen tot spleetjes kneep, ontdekte ze ook de lichtjes in de gebouwen aan de andere kant van het water. Ze glommen, zwakjes, maar toch geruststellend. Ze hield haar adem in. Kijk, papa, zei ze tegen hem, alsof hij gewoon naast haar zat, de kraag van zijn jas nat van de regen, de zware dossiertas tegen zijn voeten. Kijk, papa, de lichten in je kantoor branden. Het licht, dacht ze er meteen achteraan, wat was dat ook alweer in het Arabisch? Ze ging verzitten. Kom op, zei ze gebiedend tegen zichzelf, kom op, dit moet je weten! De veren van het bankje kraakten en onwillekeurig tikte ze drie keer met haar middelvinger op haar knie. Even wachten en nog drie keer. Altijd drie keer. Op en neer, op en neer, op en neer.

An-Nur. Ja, dat was het. Haar adem verliet rustig haar mond. Gelukkig. Ze wist het weer. Zo heette ook het vierentwintigste hoofdstuk van de Koran. De vierentwintigste soera. Haar gedachten gingen door naar vers 35 dat daarbij hoorde, het mooiste dat ze kende. *Licht op licht. Allah maakt gelijkenissen voor de mensen en leidt naar Zijn licht wie Hem behaagt.* In haar hoofd doemden de krullerige Arabische letters op, gloeiend in het duister. En dan, wat vager, de afbeelding van de kan en de lantaarn, en van de nis met een lamp erin. Die tekeningen stonden in haar vaders boek over de islam. Samen hadden ze het zo vaak bekeken. *Zijn licht is als een pilaar waarop een lamp staat. Waarvan de olie licht geeft, hoewel vuur het niet aanraakt.* Gisteravond had ze deze zin boven aan de eerste bladzijde van haar profielwerkstuk geschreven. *Waarvan de olie licht geeft, hoewel vuur het niet aanraakt*. Helemaal begrijpen wat ermee werd bedoeld, deed ze niet, maar toch had ze dit gekozen als het motto voor haar werkstuk, dat ging over de ware achtergronden van het jihadisme bij Nederlandse jongeren. Het onderwerp dat zo belangrijk was geweest voor haar vader en zijn werk.

Nu was ze op weg om het te gaan bespreken met haar vriendin, of eigenlijk: met het meisje dat haar vriendin moest gaan worden.

Ze trok haar schooltas vol boeken op schoot, sloeg haar armen eromheen en duwde haar voorhoofd tegen de glasruit, waardoor haar weerspiegeling boven het water dreef. Gedachten schoten als opgejaagde vogels door haar hoofd. Zala, dacht ze. Een rilling van verwachting langs haar ruggengraat. Over minder dan een uur zagen ze elkaar. Bij haar thuis. Ze was veel te vroeg.

Buiten trok het zuidelijk deel van de stad aan haar voorbij. In de verte de toren van het advocatenkantoor waar haar vader had gewerkt, kalm en ongenaakbaar als altijd stak die overal bovenuit. Schuin daarachter de koperkleurige koepel van de grootste moskee van de stad. Alles dat hoorde bij deze wijk, waar ze deze zomer zoveel had rondgezworven. Steeds had ze van zichzelf hiernaartoe gemoeten, terwijl ze zo ver van huis eigenlijk niets te zoeken had. Alleen om hier te zijn. Dicht bij waar hij zijn lange werkdagen had doorgebracht. Maar ook hier bestond ze niet. Zoals ze eigenlijk nergens meer bestond.

Ze zag de oplichtende stationslampen en reclameborden, overal licht en donker, het glimmen van regen en lichtjes. En in haar gedachten verschenen weer de ontelbare keren dat ze deze metrolijn de afgelopen maanden had genomen. Zoals naar die psycholoog, naar wie ze nu gelukkig niet meer heen hoefde van haar tante.

Ze had haar er uiteindelijk van kunnen overtuigen dat ze het zelf wel redde. Ze had toch haar muziek, haar boeken? Maar ze was hier de hele zomer blijven terugkomen. Ze draalde op de warme tegels voor de ingang van haar vaders kantoor. Zijn kamer lag op de bovenste verdieping en ze rilde als ze eraan dacht hoe hoog dat was. Om de een of andere reden zag ze zichzelf altijd daar staan, boven op het gebouw, vlak aan de rand, in de wind die wild om zich heen sloeg. En steeds weer had ze dan de onwerkelijke gedachte dat ze van boven iets naar zichzelf moest roepen. Zichzelf ergens voor moest behoeden. Maar voor wat? Hij was toen ook allang dood.

De metro liet het havengebied achter zich, ze stond alvast op, en voelde het dreunen van het gevaarte onder haar voeten. De trillingen zetten zich voort in haar spieren, tot het voertuig vaart begon te minderen en langzaam tot een halt kwam. Precies halfvier. De klok op het perron en die op haar telefoon gaven hetzelfde tijdstip aan. Een halfuur te vroeg. Ze veegde de haren van haar pony achter haar rechteroor. Alsof ze boven in de coupé hing, zag ze zichzelf staan, deed haar rugzak om, die was gevuld met schoolspullen, het islamboek en het schrift met de lessen Arabisch, die ze met haar vader had gevolgd. Dat was in de maanden voor zijn dood iets van hen samen geworden. Met een advocaat van zijn kantoor was hij vorig jaar aan de cursus begonnen. Trots had hij haar de letters getoond die hij probeerde te vormen, brak zijn tong over de woorden die hij voor haar uitsprak, de soera's die hij probeerde te ontrafelen. Soera's waar hij als recitaties naar luisterde: *Soera 46, 8,* misschien niet eens de beroemdste, maar die herinnerde ze zich het best.

Vorige winter had ze er zoveel avonden naar zitten luisteren, op de trap naar zijn studeerkamer, als hij dacht dat ze boven huiswerk maakte. De eerste keer dat ze de klanken hoorde, stond haar hart stil. Het gebeurde op een regenachtige avond in november toen ze langs zijn kamer liep. Als van ver hadden de geluiden geklonken, maar toen trokken ze door haar heen, als een droevig lied zonder einde. Ze ging onderaan de trap zitten, het was aardedonker. Ze sloot haar ogen, haar vuist ging naar haar keel. Wat was dit? De tonen gaven haar een gevoel vanbinnen dat ze niet onder woorden kon brengen. Haar hele lichaam gloeide, en tegelijkertijd kwam er een beklemming op haar borst, en een vreemde angst die ze niet begreep. Het was zo mooi maar deed ook zoveel pijn. Was dit God? Ze sloop sindsdien steeds weer de donkere gang in om te luisteren. Het was net, dacht ze nu, als met de video's op YouTube, waar ze niet naar had mogen kijken. De filmpjes van papa's kinderen, zoals hij de jongeren noemde die hij verdedigde. De kinderen die naar het kalifaat waren vertrokken. Op die video's had ze dingen gezien waar ze nooit meer aan wilde denken. Maar ook beelden waar ze naar moest blijven kijken. Sluiers van opstuivend goudkleurig stof, de ronkende tanks die als onverwoestbare kakkerlakken door de woestijn kropen, de hoogte in schietende stemmen van de vrouwen en meisjes, ook zo verschrikkelijk. En ook zo mooi.

Kort nadat ze de eerste recitaties had gehoord, had ze haar vader ervan overtuigd de lessen Arabisch samen te gaan volgen. Het kon makkelijk, ze stond er goed voor, ze zou genoeg tijd overhouden voor school. Toen hij in de lente overleed, waren ze halverwege het tweede semester. Nu ging zij verder. Ze had het schrift vanochtend ingepakt, samen met de eerste bladzijden van het werkstuk die ze voorin het islamboek had geschoven. Voorop in grote, sierlijke letters: *De mythe van islamitisch geweld*. Dezelfde titel als van het nooit gepubliceerde artikel, dat haar vader vorig jaar had geschreven. Daaronder stond, net als bij hem: *Wat drijft onze jonge Syriëgangers?* Ze had de hoofdstukken al onderverdeeld in psychologische en sociologische motieven. En in zogenaamde *push* en *pull*-factoren.

Ze stapte uit bij de halte Zuid. De wind blies lichte waaiers van vocht door de straten. Rechts van haar was de markt, daarachter het parkje met de buurtmoskee. Ze sloeg links af. Met haar handen diep in haar zakken liep ze een tijd lukraak door de wirwar van straten, die allemaal op elkaar leken. Lage, grijze huizen met kale tuintjes, afgewisseld door flatgebouwen. Een KFC, een wasserette die vanbinnen donker was, een gestrande scooter in een grasstrook met een haveloze schommel. De trottoirs glansden onder haar voeten. Het regenwater drong door haar schoenzool. Ze had weer de afgetrapte All Stars aan, die van haar vader waren geweest toen hij zo oud was als zij. Ze had ze achter in een kast op zijn kamer gevonden, net als zijn andere kledingstukken. Altijd als er iets belangrijks was, moest ze iets van hem aan: gympen, een shirt, trainingsjack. Of alles tegelijk. Vandaag was het een dag voor alle drie.

Ze trok haar capuchon strak, sloeg haar kraag op, en keek om zich heen. Passeerde de winkelstraat. Te veel mensen. Abrupt draaide ze zich om. Ik neem toch de weg door het parkje, dacht ze, en terwijl ze weer begon te lopen, was daar opeens weer de stem van haar vader. Niet zijn lieve stem, maar zijn stem als hij in zo'n bui was waarin hij alles beter wist. Zo'n bui die ze haatte. 'Vogeltje, denk eraan, de *dhal* spreek je uit als iets tussen dh en th in, haast als in het Engelse *through.* De *tha* is meer een c-klank. Kijk eens naar mij.' Een verbleekte flits van zijn lach, zijn tanden. Tranen schoten als kleine naadjes omhoog. Ze schudde haar hoofd. Ze wilde hem niet horen, maar het ging vanzelf. Haar vader had zo vaak gezegd dat ze een te levendige fantasie had. Dat alles dat zij dacht te snel echt leek. Maar ze kon het niet helpen. Ga weg, dacht ze nu. Bemoei je er niet mee, papa. Ze kneep haar ogen dicht, schudde met haar hoofd. Ik kan het alleen. Laat me met rust. Ik zal het goed doen. Let maar op. Ik zal het allemaal goed doen, zo goed dat Zala straks niet meer zonder mij wil.

Ze liep vlug door het parkje, keerde terug naar de weg. Langs de markt met de etensstalletjes, de geur van bakvet en gebraden vlees. Het geluid van overgaande telefoons, mensen die alle kanten uit liepen. Opeens was daar weer die woede, opborrelend vanuit haar maag. Over drie weken is het herfstvakantie. Als jij niet zo egoïstisch was geweest, papa, begon ze opnieuw, als jij me niet weer had buitengesloten, als jij niet zonodig alleen moest gaan fietsen in de Ardennen... Je had beter moeten opletten, ik had alleen jou nog maar. Als jij gewoon beter om je heen had gekeken op die smalle paden, als je niet... Dan waren we samen... Ze drukte haar lippen tegen de onderkant van haar mouw om niet te huilen. Dan zouden we samen naar Marokko zijn gegaan. Voor het eerst samen naar een islamitisch land. Naar Chefchaouen met de blauwgeschilderde huizen, naar de zandduinen in de Sahara van Erg Chebbi. Ze voelde de haartjes van haar ogen heel zacht trillen. Trok haar lippen op. Niet aan denken nu. Ze begon te tellen. Een twee drie. Het werd weer stil. Achter haar klonk alleen nog het gedempte gedreun van een tram.

Er is, dacht ze ineens, in de hele stad, in de hele wereld, geen mens, niemand die me echt kent. En ik moet rustig worden, wat moet ik doen? Muziek, dat is het enige dat helpt. Ze haalde haar oortjes uit haar zak, en scrolde razendsnel door de duizenden nummers die ze had opgeslagen. Bach. Dit was een dag voor Bach. De opgewekte droefheid van de Goldberg Variaties, een van de pianostukken die haar tante Lucienne aan het oefenen was voor de grote concertreeks van vlak na de herfstvakantie. Elke avond oefende ze. Elke lange avond sinds Sophie noodgedwongen bij haar was gaan wonen. In het afbladderende, groene huis, waar het rook naar boenwas en hars. Papa's jongere zus, de concertpianiste, de vioolbouwer, de enige bij wie ze terechtkon.

De aarzelende pianotonen van de openingsaria zetten in en haar bloed begon te tintelen. Daarna kwam het stuk met opzwepende ritmes, dat later zou overgaan in een vagere, haast onaffe melodie met de overheersende laatste aria, waarvan ze toch hield, ondanks de droefheid waarmee tante Luci die altijd speelde. Ze stak de brug over en kwam in de buurt waar veel jihadistische jongens en meisjes hadden gewoond, die door haar vader werden verdedigd. Ze liep door de lege straten, waar hij ooit huisbezoeken had afgelegd en nu mistflarden laag over de daken dreven, ze vouwden zich om de schotelantennes op de balkonnetjes. Even hoorde ze opnieuw zijn stem achter zich. 'Ze zijn vaak zo anders dan wat we over ze lezen in de krant.'

Zodra hij begon over zijn cliënten op de TA, de Terroristen Afdeling van de gevangenis, was dat het startsein geworden voor haar ondervragingen. Altijd dezelfde vragen, dezelfde antwoorden. 'Hoe komen zij daar dan?' 'Wat hebben ze gedaan?' 'Waarom zijn ze zo?' Zij begon dan steeds sneller te praten, struikelde haast over haar woorden, terwijl hij bedachtzaam praatte en, al wrijvend over zijn stoppelbaardje de jongeren beschreef die hij in de gevangenis sprak. 'Ze zijn vaak nog zo jong, Fie, kinderen nog, pubers, niet veel ouder dan jij,' de verbazing in zijn stem. 'Sommigen namen het risico om gedood te worden in Syrië. Je verwacht misschien radicale gekken, en die zitten er ook tussen. Maar de meesten zijn niet zo. Dat zijn gewoon mensen zoals jij en ik.' Even keek hij naar zijn handen, vervolgens naar de grond, de parketvloer vol knoesten en nerven, bespikkeld met lichtvlekjes van de straatlantaarns. De toon in zijn stem hield haar op haar stoel. Hoe hij praatte over de jongens en meisjes, die gewoon, hier, uit hun eigen stad, kwamen, en zich aansloten bij een strijdgroep in Syrië. Jabbat-Al-Nusra, Al Qaida, Tahir-al-Sam, IS, de groepen veranderden steeds, en twee jaar geleden was het kalifaat erbij gekomen. Al die groeperingen vochten tegen Assad, tegen de Russen, en nu ook tegen het Westen. Soms zelfs tegen elkaar. Het trok allemaal voorbij op televisie. En op de YouTube-video's. In het zwart geklede jongens en meisjes. Met rauwe, schrapende stemmen schreeuwden ze dat Allah groot was. Hun ogen waarin geen spoor van twijfel te ontdekken viel, drongen zich in die van haar. Ademloos luisterde ze naar wat haar vader over ze vertelde. Haar aandacht verslapte alleen zodra hij begon over hun ingewikkelde achtergronden. Alles wat ze nu alsnog kon gebruiken voor haar profielwerkstuk: zijn uiteenzettingen over alle factoren die in elkaar grepen bij religieus geweld. Er was niet één oorzaak, legde hij uit. De religie zelf, die tegenwoordig in een kwaad daglicht was komen te staan, noemde hij van ondergeschikt belang. Haast niemand op de TA kwam uit een streng islamitisch gezin. Juist niet. Als het geen bekeerlingen waren, waren het moslimjongeren uit gezinnen waar het geloof amper werd gepraktiseerd. Ze sprokkelden koranteksten bij elkaar om hun heilige strijd te verantwoorden. Allemaal zochten ze iets in dat 'radicaal narratief', zoals hij dat noemde. Avontuur, heldendom. Een uitlaatklep voor woede en frustraties. Betekenis. Vaak voelden ze dat ze hadden gefaald, geboren in arme wijken met overbevolking, slechte huizen, met één-nul achterstand, vonden ze zichzelf op een dag terug op een straathoek zonder geld, opleiding, soms met een strafblad. Ze wendden zich tot hun geloof. De heilige strijd gaf richting. Verlossing. Anderen werkten tot ze alles hadden wat het kapitalisme te bieden had, maar dan kwam de leegte. Het schuldgevoel. Dat nieuwbouwhuis, die auto, die flatscreentelevisie, werkten ze daar nu voor? Ondertussen werden moslims wereldwijd onderdrukt. Als ze naar Syrië trokken, konden ze van nut zijn, hun broeders en zusters verdedigen, een strijder worden. Desnoods een martelaar, een *shaheed*, met een 'one way ticket' naar het paradijs. Allemaal maakten ze zich vreselijk kwaad om de gruwelijke beelden van de oorlog in Syrië. Volgens haar vader een oorlog waar het arrogante Westen zich beschamend weinig van aantrok.

Haar adem verdampte boven haar in de koele lucht, en de mist verdichtte zich. Alles dat haar vader had gedacht, verteld, opgeschreven, zou ze nu in het werkstuk beschrijven. Dan was het allemaal niet voor niets geweest. Ze zou hem trots maken, al kon hij het zelf niet meer lezen. Alle boeken die belangrijk waren, had ze bij zich. Ze had zelfs nog even gedacht het strafdossier mee te nemen dat thuis onder haar matras verstopt lag, maar er meteen van afgezien. Zala zou er niks van willen weten. Ze wist trouwens zelf nog niet eens precies wat er allemaal in stond.

Het was het dossier van een van zijn ex-cliënten, dat ze tussen zijn spullen had gevonden. Zomaar. Van alles dat er na zijn dood was gebeurd, was de vondst van het dossier wel het meest wonderbaarlijke. Het dateerde van vorig jaar en was van een meisje, een minderjarige, krap twee jaar ouder dan zijzelf, die zich had aangesloten bij IS. Ze rilde nu ze er weer aan dacht. Haast elke dag pakte ze het wel een keer op, stond er verschrikt mee in haar handen, voelde in haar bloed het razen van alles dat ze wilde weten, sloeg de eerste pagina's om, tegelijkertijd zo bang voor wat ze zou vinden dat ze het haast onmiddellijk weer van zich af schoof. Er stonden dingen in die ze niet wilde weten. Dingen die te maken hadden met de telefoontjes die ze haar tante vlak na zijn dood op fluistertoon had horen voeren. Vlagen had ze ervan opgevangen. Er was iets gebeurd op zijn werk. 'Je kent hem,' hoorde ze haar een keer zeggen, 'hij nam het voor die kinderen op, hij trok zich dit zo aan.'

Plots stond ze stokstijf stil. Ze moest er ook nu niet aan denken. Maar ze had het nog niet weggeduwd of ze werd alweer ruw verstoord door de volgende gedachte. De gedachte die haar besprong zodra ze ook maar even niet oplette. Bij wie hoor ik? Voor wie leef ik nog? Haar schedelhuid trok samen van een bodemloze angst. Haar moeder was al zo lang dood, die had ze nooit gekend. Nu was haar vader ook dood. Er was niemand meer op de wereld die het allermeeste van haar hield.

– 2 –

Zala woonde op de bovenste verdieping van het laatste flatgebouw van de straat. Sophie stapte drie etages lager uit de lift en begon, om haar zenuwen onder bedwang te krijgen, naar boven te lopen. Ze kon nauwelijks een hand voor ogen zien. De schakelaar voor het licht werkte niet. Ze pakte haar telefoon en in het rechthoekje licht van haar beeldscherm verstreek de tijd met korte, nerveuze sprongetjes. Drie voor vier, twee voor vier, een voor vier. Ze beklom de laatste trap, het bloed kloppend in haar oren. Daar was het. De oplichtende cijfers sprongen op vier uur en toen ze nergens een bel kon vinden, klopte ze drie keer snel na elkaar op de deur.

Een vrouw deed open. Het moest Zala's moeder zijn; ze had net zo'n langgerekt gezicht en ook een mond met een korte, licht opkrullende bovenlip. Ze was wat kleiner dan Zala. Een moment bleef de vrouw in de deuropening staan zonder iets te zeggen of te vragen.

'Ik woon samen met mijn moeder, mijn oom en mijn broertjes,' had Zala gezegd. Dat was drie dagen geleden, de eerste keer dat ze elkaar spraken. De weken daarvoor, de eerste weken van het schooljaar, had Sophie nog niets gedaan om bij haar in de buurt gekomen. Maar ze volgde haar met haar blik en voelde steeds haar aanwezigheid, ook als ze haar niet zag.

Zala was nieuw op school. Ze zaten niet in dezelfde klas, maar in de gangen van de school was het altijd Zala die haar aandacht trok. Vaak in haar zwarte spijkerbroek, een shirt met Nike-logo, hoofddoek en witte gympen. Dikwijls liep ze alleen, net als Sophie. Er was iets in de manier waarop Zala's ogen af en toe rustten op haar en hoe ze snel wegkeek als ze werd betrapt. Ik word gezien. Het was alsof er iets van licht van Zala's gezicht afspatte. Kwam dat doordat zij de God van de recitaties kende? Of was het iets heel anders? Sophie zocht haar naam op en het klopte. Zala betekende zon. Of schijnsel. Letterlijk betekende het: iets dat schijnt of schittert.

Eén keer kwam ze haar tegen bij het practicumlokaal van scheikunde en zag dat ze exact dezelfde sneakers droegen. Even keken ze verwonderd naar elkaar, lachten, en glipten verlegen langs elkaar heen. Zie je wel, er was iets. Toch duurde het toen nog een week voordat ze elkaar spraken. De derde woensdag van september was er een gezamenlijke gymles met de parallelklas. Het was een van de laatste warme dagen, de zon stond laag, maar het veld dampte van de hitte. Ze speelden softbal op twee velden naast elkaar. Sophie stond bij het laatste honk, wachtend op actie, toen Zala opeens voor haar kwam staan. Ze bukte zich, en strekte haar arm uit om de bal, die naast Sophie in het gras was beland, op te rapen. Toen ze weer overeind kwam, keek Sophie naar haar op, ze was haast een halve kop groter. 'Hoi,' zei Zala, en bleef nog heel even staan. Haar voorhoofd was bedekt met sproetjes onder een losjes omgeknoopte hoofddoek.

'Hoi.' Wie ben jij toch? dacht Sophie, terwijl ze zogenaamd de nerven in het leer van haar handschoen controleerde. Wie ben jij? Blijf staan, dacht ze ook. Ik wil je zo graag leren kennen. Maar Zala rende alweer weg.

'Het is vier uur,' zei Sophie. Zala's moeder stond nog steeds in de deuropening. 'Ik kom om... Ik kom om huiswerk te maken.' Het klonk kinderachtig en ze wilde dat ze dit niet had gezegd. Ze kreeg het warm en greep onwillekeurig naar de telefoon in haar zak, spande de spieren van haar hand aan. De vrouw reageerde niet direct, dus zei ze er snel achteraan: 'Ik kom voor Zala.' Zala, herhaalde ze onhoorbaar voor zich uit, en dacht: Zala het schijnsel.

Op hetzelfde moment zag ze zichzelf weer languit liggen, de laatste keer in het appartement waar ze met haar vader had gewoond. Ze lag alleen op de vloer van de al leeggehaalde kamer, op haar plaats gehouden door een messcherpe streep zonlicht, die schuin op haar gericht naar binnen viel. Gebeurde het toen? Misschien. Een besluit dat buiten haar om ging, maar toch ergens binnen in haar werd genomen. Ik moet hiermee doorgaan. Ik moet er dichterbij komen. Bij de God uit de

Koran. De God van de moslims. Ik weet niet waarom het zo is, maar het is zo. Ik weet ook niet of ik het kan, of hoe ik het moet doen, maar ik moet daar komen.

De vrouw glimlachte flauwtjes maar zei nog steeds niets, draaide haar hoofd in de richting van de gang en riep iets in een taal die Sophie niet verstond. Dari, dacht ze, of Pasjtoe. Haar gezicht had iets vermoeids waardoor ze ouder leek dan ze waarschijnlijk was.

Toen de vrouw vluchtig met haar vinger langs haar hals streek, viel het licht op de bovenkant van haar smalle hand en toonde een patroon van sierlijke, door elkaar lopende lijnen van henna. Tekenen van een andere wereld, schoot het door haar heen. Het geheim. Ze huiverde maar floot zichzelf gelijk terug. Doe niet zo kinderachtig. Ze klemde haar kaken op elkaar en wachtte op het stemmetje in haar hoofd dat alles door elkaar zou schudden. Jij hoort hier niet. Je zegt wel dat je de islam zo mooi vindt en erbij wil horen, maar hoe zit het met die video's waar je 's nachts stiekem naar kijkt? Je bent daar nog steeds niet mee opgehouden. Stop daarmee! Als je daar niet mee ophoudt, lukt het je nooit. Onmiddellijk kreeg ze nog een gedachte die ze verdrong. Als je er niet mee stopt, dan wil God jou niet. Ze kneep haar ogen een moment stijf dicht, hield de lucht vast in haar longen, en het werd weer stil in haar hoofd.

Voorzichtig deed ze een stap naar voren. Op de overloop was het schemerig. Er kwamen vier deuren op uit, die allemaal dicht waren. Zala komt zo, dacht ze. Nu niks doms zeggen. Verpest het niet. Vanuit de gang steeg een geur op, sterk en zoet, met een scherpe ondertoon, iets was ze nooit eerder had geroken.

'Hé, Sophie.' Ze had haar niet aan horen komen.

'Hé, Zala.'

Die warme woensdagmiddag was voorbijgekropen. Het zevende uur Latijn, achtste uur wiskunde. Ik moet haar spreken, was het enige dat door Sophies hoofd ging. Ik moet haar spreken. Alsof Zala het aanvoelde, stond ze op de gang tegenover het biologielokaal te wachten. Sophie stapte op haar af. Drie keer achter elkaar deed ze haar ogen snel dicht en weer open, zodat er niets doms uit haar mond zou komen.

'Hoi, Zala.'

'Hoi.'

'Ik ben Sophie.'

'Dat weet ik.'

'Kan ik je spreken?' Het klonk vreemd en ze begreep niet waarom ze dat zo had gezegd. Ze ademde diep in om het bonzen van haar hart tot bedaren te brengen. Maar Zala leek niet onder de indruk.

'Je wilt mij spreken,' herhaalde ze alsof het simpelweg een vaststelling was van een feit. Ze kneep haar ogen een beetje samen.

Sophie knikte, en probeerde haar hoofd zo leeg en helder mogelijk te maken. 'Ik wil je een keertje spreken, kan dat?'

'Je spreekt me nu toch?' Het Nike-logo op haar T-shirt verschoof toen ze dichtbij kwam. Nu kon ze ook haar ogen heel goed zien, lichtbruine irissen met spikkeltjes en scherfjes oker, in een kringetje rondom haar pupillen gestrooid. Ze leken te gloeien.

Ze stonden schuin voor elkaar in de gang die zich vernauwde.

'Het gaat over het geloof,' durfde ze te zeggen.

'Welk geloof?' Zala's tong ging even langs haar lippen. Ze tastte naar het gouden kettinkje om haar hals, pakte het hangertje schijnbaar gedachteloos tussen duim en wijsvinger vast, draaide het rond, en liet het los. Er stonden Arabische tekens in gegraveerd en Sophie herkende het meteen. De *shahada*. Het middenstuk van het gebed. En tevens de geloofsgetuigenis die je uitsprak als bekeerling. Als je hardop zei dat er maar één God was die het recht had aanbeden te worden, Allah, en dat Mohammed zijn boodschapper was, mocht je jezelf moslim noemen. Ze had er online zo vaak naar geluisterd, en geoefend op de klanken, het al helemaal uit haar hoofd geleerd. '*Esh-hedoe el-laa ilaha illa Allah...*' begon het in haar. Ze brak het af. 'Ik wil het hebben over de islam.' Nu ze het hardop had gezegd, schrok ze er zelf van. Haar rug spande zich aan.

Een frons kerfde een verticaal streepje tussen Zala's wenkbrauwen. Ze bewoog haar hoofd langzaam van links naar rechts.

Een stilte.

Sophie glimlachte genegeerd, begon te peuteren aan een gaatje in de mouw van haar trainingsjasje en zei: 'Ik schrijf mijn profielwerkstuk over islam en geweld. Over jihadisme bij jongeren.'

Zala lachte spottend. 'Je wilt iets met de islam en dan denk je, ik vraag gewoon de eerste de beste moslim die voorbijloopt?'

'Nee, nee,' haastte ze zich te zeggen, 'natuurlijk niet, zo is het niet.'

'Hm.'

'Ik heb al lang interesse in de islam. Ik ben ermee opgegroeid. Ik bedoel, mijn vader was ermee bezig.'

'Je vader?'

'Ja, hij wist er veel van.'

'Was hij moslim?'

'Dat niet.' Sophie keek even weg. 'Hij vond het gewoon mooi,' zei ze toen, 'hij vond de hadiths mooi, de recitaties.' Ze bereidde zich voor, nu moest ze gaan zeggen dat hij niet meer leefde. Ze opende haar mond, maar toen ze opkeek was er iets in Zala's blik dat zei dat het niet hoefde, dat ze haar al begreep.

'Maar wat wil je dan met die jihadisten?' vroeg Zala toen en keek haar onderzoekend aan. Tegelijkertijd leek iets in haar ogen warmer te worden.

Sophie slikte. Nu kwam het erop aan alles goed uit te leggen. 'Nou, het gaat dus over islam en geweld, jihadisme, ja, maar ik wil juist uitleggen dat... het, ehm, dus niks met elkaar te maken heeft.' Het klonk te verontschuldigend. Ze moest het anders zeggen. Het was tenslotte niks om je voor te schamen, integendeel, het was juist een heel goed onderwerp voor een profielwerkstuk. Haar vader zou trots zijn, dat wist ze zeker. Ze vervolgde: 'Nu met het kalifaat en IS enzo, zeggen veel mensen dat de islam gewelddadig is, maar, eh..., dat is natuurlijk niet zo. De jonge moslims die daarheen gaan, gaan om heel andere redenen, het is allemaal veel ingewikkelder.' Ze wilde dat het belangrijk klonk, dringend, maar ze had geen idee of ze wel duidelijk kon maken wat ze wilde zeggen.

Zala lachte snuivend. 'Hoe bedoel je, ingewikkeld?' Haar pupillen verwijdden zich.

'Nou, eh..., dat moslims niet daarheen gaan omdat de Koran geweld predikt of zo.'

'Die jihadisten? Heb je het over die jihadisten?'

'Ja?'

'Dat zijn helemaal geen moslims.'

'Hè?'

'Je weet toch veel van de islam, zeg je? Een echte moslim doet die dingen niet.'

Ja, natuurlijk, dat was zo. Dat was precies wat haar vader ook altijd zei. Zie je wel, hij had gelijk. Maar toch was dit niet goed. Blijkbaar had ze het niet goed verwoord. Ze zuchtte, en dacht aan hoe haar vader altijd zei dat het een kwestie van geduld was als je iets belangrijks voor elkaar wilde krijgen. Zacht zei ze: 'Dat is precies wat ik bedoel.' Ze wilde alweer doorpraten, maar Zala was haar voor.

'Je wilt dus schrijven over Syrië,' concludeerde ze. 'Daar ga ik zeker niet bij helpen.'

Ze moest het toch nog beter uitleggen. 'Nee, niet

over Syrië. Over de islam. Over hoe de islam echt is. Dat het juist staat voor vrede en verdraagzaamheid.'

Islam, islam, klonk het nu geërgerd in haar hoofd. Zeg toch niet de hele tijd islam. Ik moet het gewoon uitleggen zoals papa deed: 'Het is dieptriest. Nederlandse kinderen worden ingepalmd door IS en ze raken verwikkeld in een oorlog waar ze niks mee te maken hebben. Ze komen terug uit het kalifaat met levenslange trauma's of sterven een zinloze dood ver van huis...'

Zala begon te lachen. 'Wat een onzin. Ze gaan toch zelf?' Haar gezicht betrok, wat haar mond meer deed uitkomen. Ze had een korte, heel licht opkrullende bovenlip, zag Sophie nu. Net daarboven liep een smal ribbeltje, een litteken, schuin omhoog richting haar neus.

Even zocht Sophie nog naar simpele, ongekunstelde woorden voor wat ze bedoelde, voor wat haar vader bedoelde, voor waar het allemaal om ging, maar ze realiseerde zich dat die woorden niet bestonden en zei toen maar gewoon waar ze op uit was: 'Ik wil het samen doen.'

'Wat?'

'Ons profielwerkstuk. Ik heb gehoord dat je het samen mag doen...'

'Jij en ik?'

'Ja.'

'Over Syrië?'

'Over de ware aard van de islam.'

Zala hield haar blik vast zonder te knipperen.

Sophie probeerde niet nerveus te zijn. Als ze nu binnen negen seconden weer iets zegt, dacht ze, komt alles goed. Een, twee, drie, vier, vijf, zes...

'Oké,' zei Zala, 'goed dan. Ik heb toch nog geen onderwerp.' Ze reikte naar een losgekomen pluk haar die over haar voorhoofd gleed, en duwde die terug onder haar hoofddoek. 'Maar niet over Syrië. Ik weet er niks van en ik wil er niks van weten. Van die kinderen die daarheen gaan al helemaal niet. Dat zijn gewoon losers.' Ze braakte haar woorden uit alsof ze in haar mond rottend eten proefde, en dat rakelings naast haar spierwitte sneakers spuugde.

Een blije lach trok door Sophie heen, ze schudde met haar hoofd om het vermoeden kwijt te raken dat ze zich dit verbeeldde. Ze wilde snel antwoorden, maar voor ze de kans kreeg iets te zeggen, zei Zala: 'Maar niet zomaar.'

'Hè? Wat?'

'Ik doe het niet zomaar.'

'Wat bedoel je?'

'Jij gaat mij dingen vragen. Dan ga ik jou ook dingen vragen.'

Een ongemakkelijke warmte vlamde op in haar hals en verspreidde zich tot in haar gezicht. 'Wat dan?'

'Ik weet wel wie jij bent.' Zala's blik was tegelijk ernstig en speels.

'Ik?'

'Ik heb iets gehoord,' zei ze geheimzinnig. 'Jij bent toch dat meisje dat Arabisch aan het leren is?'

'Uhm. Ja.'

'Het is dus waar!' riep ze en lachte luidkeels. 'Het is toch waar!'

Even wist ze niks te zeggen. Hoe wist Zala dit? Ze had er weleens iets over verteld aan een vriendin, maar dat was maanden geleden. Blijkbaar had dat nieuws zich verspreid. Ze glimlachte. Net zoals ik van alles over Zala weet, dacht ze, weet Zala dingen over mij.

Zala boog zich wat naar voren en klakte met haar tong. 'Je moet het mij leren.' Weer keek ze haar recht in de ogen.

'Ik leer het al jaren,' loog Sophie.

'Zeg dan eens iets in het Arabisch.'

'Hm. Hal alma barid,' flapte ze eruit. Eén van de laatste zinnetjes die ze samen met haar vader had geleerd.

Zala's stem schoot omhoog en klonk nu vrolijk. 'Cool. Wat betekent het?'

'Is het water koud?'

'Hahaha.'

'Maar spreek jij het dan niet?'

'Nee. We gaan niet naar Koranschool. Ons alfabet is haast hetzelfde als van het Arabisch, maar de woorden en klanken zijn helemaal anders. Zeg nog eens iets.'

'Hm. Ana burdan. Ik heb het koud.'

'Weird,' zei Zala, en grijnsde, 'leer jij soms voor imam?'

'Een imam die zwemt in koud water.'

En terwijl ze allebei lachten alsof dit het grappigste was dat ze ooit hadden gehoord, ebde Sophies laatste verlegenheid weg. Zala's lach was aanstekelijk en het voelde vreemd vertrouwd om samen te lachen. Zala kreeg een bepaalde blik als ze in gedachten verzonken was, zag Sophie. Haar voorhoofd gerimpeld en half dichtgeknepen ogen. Ze vroeg: 'Kom je een keer langs?'

'Waar?'

'Bij ons thuis.'

Sophie knikte peinzend, en keek haar aan alsof ze haar maar half geloofde. 'Ja?'

'Ja. Niet nu, ik moet met mijn moeder naar het, hoe heet het, gemeentehuis. Kom vrijdag.'

'Oké, vrijdag.'

Sophie bleef op haar hoede, maar tegelijkertijd trok de opwinding door haar heen. Ze kon haast niet geloven dat het echt was gelukt: een afspraak thuis bij het enige meisje van hun jaar van wie ze zeker wist dat ze moslim was. Zala keek haar nog steeds met diezelfde uitdrukking aan. Daarna rekte zich ze uit, gaapte, en deed haar rugzak om: 'Ik ga naar huis, ik heb honger. Ik zie je vrijdag.'

Zala zag er, hier in de gang van haar huis, anders uit dan op school. Heel mooi. Haar ogen waren licht opgemaakt en haar zwarte, opkrullende wimpers schuurden langs haar oogleden. Ze droeg geen hoofddoek, haar golvende haren vielen tot over haar schouders en ze had geen spijkerbroek aan, maar een lange stoffen broek met daaroverheen een beige jurk met kleine, schitterende kraaltjes aan de zomen. In haar verbeelding zag Sophie Zala een paar lichte stappen zetten en erin ronddraaien, haar kleren zwierend om haar lichaam. Ze stelde zich voor dat ze de jurk zelf aanhad, en dat ze haar lichaam liet ronddraaien, de stof rimpelend langs haar dijen. De dunne, zachte haartjes op haar armen gingen overeindstaan en raakten de stof van haar shirt. Ze wilde iets zeggen over de jurk, maar ze deed het niet, en in het wak van stilte kroop spanning. Zala stond haar aan te kijken alsof ze haar niet echt had verwacht. Kon ze nog weg? Vanachter een van de deuren hoorde ze gedempte, ruziënde stemmen, die ze niet kon verstaan. Ergens in de portiek werd een deur hard dichtgeslagen, er klonken naar beneden rennende voetstappen.

'Ik zou komen,' zei ze hees.

'Ja. Kom. We gaan eerst even bij mijn familie zitten.'

Ze volgde Zala door de deur het meest rechts, die bleek uit te komen op de woonkamer. Het was er kaal, de ruimte gevuld door een lage, vierkante tafel, en een zwarte leren bank met een kleed met lange franjes. Op een dik tapijt lagen grote kussens met geborduurde bloemen. Sophie stond besluiteloos in de ruimte, niet wetend of ze verder moest lopen of moest gaan zitten.

Opeens zag ze dat er nog iemand in de kamer was. Een kleine, gedrongen man, die met zijn rug naar ze toe op de grond zat, tegen een van de opstaande kussens. Dat moest haar oom zijn. Pas toen hij ging verzitten, kon ze hem beter zien. Wat deed hij daar? Misschien maakte hij zich klaar om te gaan bidden. Of had hij net gebeden. Het was vrijdag, dan gingen de mannen naar de moskee. Als hij net terug was, dwaalden de klanken van de *salat*, het gebed, nog in hem rond.

Meteen moest ze weer denken aan die donkere, regenachtige avonden waarop ze met gesloten ogen op de trap had gezeten en de klanken van de recitaties in haar lichaam trokken. Ik word er zo verdrietig van, dacht ze vaak, en toch bleef ze zitten. En dan hield het plotseling op, werd het stil en bleef ze nog een hele tijd met haar ellebogen op haar knieën in de donkere gang zitten piekeren. Sinds haar vader dood was, durfde ze er niet meer naar te luisteren. Onmiddellijk sprongen haar gedachten naar de video's, die ze ook niet meer had willen bekijken maar die ze toch had opgezocht. Alle keren dat ze met opeengeklemde kaken en warme wangen onder de dekens had gelegen, terwijl haar tante Luci beneden Bach speelde. Hoe ze niet meer stil kon blijven liggen, al helemaal niet na de schokgolf van de eerste keren dat ze de ratelende kalasjnikovs had gezien. De misselijkheid. Hoe ze zelfs nog niet stopte met kijken toen ze zich vooroverboog om te kokhalzen. De walging over wat ze deed, terwijl haar handen toch nog steeds weigerden de laptop los te laten. Wanneer de eerste vermoeidheid kwam en ze wilde gaan slapen, kneep ze haar ogen stijf dicht en probeerde ze alles wat ze had gezien tevergeefs weg te denken.

Ze trok haar schouders op en richtte haar blik weer op de oom. Ze wist niet of ze hem een hand moest geven, schuifelde onbeholpen heen en weer en ging toen ongemakkelijk op een kussen zitten dat Zala had aangewezen. Hij knikte naar haar en voorzichtig keek ze om zich heen. Het behang had een motief van vervaagde bloemen en aan het plafond bungelde een lamp die nauwelijks licht gaf. Verder was er nog maar één andere lamp in de kamer, in de hoek bij een kast, waarin ze opgestapelde dekens zag liggen. Hij brandde heel zwak met een dof schijnsel, dat de kamer vreemd genoeg juist donkerder leek te maken.

Zala ging even weg, kwam terug met thee, suiker en noten en met zaden, die ze herkende als kardemom, omdat haar vader er weleens mee kookte. Zala vulde de glazen met de kardemomzaadjes, en goot er heet water overheen.

Vanuit haar ooghoeken keek Sophie naar de man rechts van haar. Hij had een scherp gezicht, twee diepe groeven liepen van zijn neus naar zijn bovenlip, zijn mondhoeken naar beneden getrokken. Hij droeg een lange tuniek, wijd uitlopend, maar die nauw sloot rond zijn hals. Achter hem hingen, aan de deur naast elkaar, op een afstand die precies afgemeten leek, drie kleerhangers met nog drie van die tunieken. Allemaal in dezelfde teint, zo keurig gesteven, alsof de stof nog warm was van het strijkijzer dat er, sissend van de hitte, rechte plooien in had getrokken.

Even ontspande Sophie en verwonderd dacht ze: het is hier allemaal zo vreemd en toch ook, op een net zo rare manier, vertrouwd. Alsof ik hier vaker ben geweest. In haar hoofd lichtte een spreuk op die ze gisteravond had gelezen in haar Koranboek. '*De mens kijkt om zich heen, fronst knorrig, rekt zijn hals uit en zegt: "Dit is niet meer dan goochelarij. Dat zijn de woorden van de mens. Spoedig zal ik hem roosteren in het vuur."*' Achterin haar boek had ze de Nederlandse vertaling overgeschreven, en bleef er maar verwonderd naar kijken, prachtig vond ze het, al had ze geen idee wat het betekende.

Het volgende moment drongen er geluiden door vanuit het trappenhuis. Iemand kwam met snelle passen naar boven. Het dreunen van de voeten over de overloop deed haar denken aan hoe ze zelf had rondgelopen in hun appartement, door de lege, verlaten kamers. De verhuiswagen was net geweest. Haar tante wachtte beneden op haar, ze had mee naar binnen gewild, maar Sophie moest en zou dit alleen doen. Overal zocht ze nog een laatste keer. Was er niet toch nog iets van hem achtergebleven? Ze keek in de slaapkamer, doorzocht de inbouwkasten, het voorraadhok, alles was leeg. In de zijkamer klonk alleen maar het zachte zoemen van de koelkast die er nog stond, met het te lange, tot een lus geknoopte snoer. In de gang spitte ze dozen door die bestemd waren voor de kringloopwinkel. Grammofoonplaten, boeken met loshangende kaft, blanco gebleven opschrijfboekjes, een vaas. Plots een lege, verweerde envelop, en ze wist dat die hoorde bij het bundeltje brieven en ansichtkaarten die haar moeder ooit aan haar vader had geschreven. Ze lagen nu in een koffertje onder haar bed, samen met foto's en andere spullen van haar moeder. Haar vader had haar weleens uit de brieven voorgelezen. Even zag ze hem zitten, gebogen over het stapeltje papieren. De siddering die over zijn gezicht trok bij de eerste zinnen. Een tijdje had ze heimelijk een wrok gevoeld, wat ze vreselijk vond. Hij had haar moeder echt gekend, terwijl zij alleen die koffer met levenloze spullen had.

Als laatste was ze die middag in hun appartement de trap op gegaan naar de zolder, met twee treden tegelijk. Daar, onder in een doos die ook klaarstond voor de kringloop, tussen nog meer platen en boeken, vond ze het: het dossier van een van zijn cliënten. Hoe kwam dat daar? Kon het werkelijk per ongeluk tussen zijn privéspullen terecht zijn gekomen? Ze zag meteen wat het was. De kartonnen kaft, uitpuilende papieren, bij elkaar gehouden door dikke, halfvergane elastieken, eruit stekende briefjes. Een klem sloot zich om haar hals. Ze had van haar vader nooit in zijn dossiers mogen kijken. Hij had er zelfs een kluis voor, die de dag daarvoor was leeggehaald door mensen van zijn kantoor. Op de kaft stond met dikke, zwarte letters: *10894. Isra El Hannouri* en een geboortedatum, net twee jaar voor die van haar. En daaronder: *Artikel 140a WvS, deelname terroristische organisatie.* Ze verstijfde. Vlug schoof ze het pakket onder haar trui, knoopte haar jas eroverheen. Bij haar tante thuis lichtte ze haar matras op, om het daar met dichtgeknepen ogen zo ver mogelijk onder te schuiven.

De oom van Zala zat met zijn knieën tegen elkaar, zijn hand om de rand van zijn glas, en verroerde geen vin. Even knelde Sophies huid, en trok achter haar oren, alsof ze zelf zo'n nauwsluitend gewaad aan had. Vluchtig keek ze naar de deur van de woonkamer, die Zala weer had dichtgetrokken. Ze zat verderop met een van haar broertjes tegen zich aan te praten en te lachen, en lette niet op haar. Sophie ademde langzaam in en uit. Het komt goed. Misschien moet ik niet willen weten wat erin staat. Wie Isra El Hannouri was. Hoe haar band met papa was. Wat hij allemaal voor haar overhad. Hoeveel uren zij samen praatten. Het is me toch ook gelukt haar niet meer te googelen. Niet steeds te staren naar die paar foto's van haar die er te vinden zijn. Onduidelijke beelden van landschappen, afkomstig van een Facebook-account dat zo te zien al lang niet meer werd gebruikt. Dus dit moet ook lukken. Ik gooi het weg. Morgen gooi ik het weg. Ze ging verzitten. De oom van Zala bleef maar zwijgen, maar in Sophies verbeelding was hij een gesprek met haar begonnen. Hij kende geen Nederlands en sprak Engels. *'Are you also a muslim?'*

'Yes, I am a muslim,' antwoordde ze en keek hem onderzoekend aan. Hij knikte en glimlachte goedkeurend. Onmiddellijk dacht ze aan alle islamitische vrouwennamen die ze zo mooi vond. *'I am Yasmina,'* zei een krachtige, dwingende stem in haar. *'I am Sabah. I am Azad. I am a muslim.'* Ze rechtte haar rug. Ik word moslim, net als jullie, dacht ze daarna. En heel even

kreeg ze het warme gevoel erbij te horen, ergens deel van uit te maken. Ze ging helemaal rechtop zitten. Ik word moslim. Net als mijn vader misschien had willen zijn. Al wist ze dat niet zeker. Hij zei altijd van niet. Maar ze had het hem de laatste maanden niet meer durven vragen.

Opeens moest ze denken aan die avond, ze was tien jaar oud, en voor het eerst kwam hij niet thuis van zijn werk. 's Avonds was ze zelf naar bed gegaan, zoals vaker gebeurde als hij tot laat op een zitting was, ergens ver weg. Maar toen ze 's nachts plotseling wakker werd, en haar ogen opendeed, voelde ze meteen dat hij er nog niet was.

'Hallo? Papa?' riep ze, en hoorde haar eigen stem een modderig spoor door de kamer trekken. Niemand die antwoordde. 'Hallo?' fluisterde ze angstig, terwijl ze de rand van het bed vasthield. 'Hallo?' De nacht als een zwarte holte om haar heen. Als bevroren lag ze urenlang onder de lakens. Het geluid van het slot in de voordeur dat zacht werd opengedraaid, ingehouden voetstappen op de gang en dan gedempte muziek door de muren heen. Chopin, waar hij altijd naar luisterde als hij haar moeder miste.

Ze was uit bed geklommen. 'Waar was je?' vroeg ze zachtjes aan het donker. Ze liep naar de gang, vervolgde haar weg, en zag dat de deur van de woonkamer openstond. Hij zat met zijn rug naar haar toe, zijn hoofd in zijn handen. Ze stapte op de tegels, liet de knuffel vallen die ze bij zich had. Hij draaide zich om en keek haar vreemd aan, zo vreemd dat ze er bang van werd. Ze keerde zich om, liep snel terug naar haar kamer, maar hij kwam niet achter haar aan.

De volgende ochtend stond de computer in zijn kantoortje al vroeg aan. Ze stapte naar binnen en zag hoe zijn schouders schokten terwijl hij op het toetsenbord ramde.

'Hé vogeltje,' zei hij, met in het wit van zijn ogen een web vol rode adertjes. Zachtjes, eerst met zijn blik nog gericht op het scherm, nam hij haar op schoot, zijn ogen in die van haar, duwde zijn neus in haar haren. 'Het spijt me, Fietje.' Achter hem, op het scherm, sprong een piepklein zwart streepje aan en uit, pulserend als een regelmatige hartslag. Ze fixeerde het met haar blik. Het moest door blijven slaan. Als het ermee op zou houden, zouden zij samen ook ophouden te bestaan.

'Kom. We gaan naar mijn kamer.' Zala hurkte naast Sophie neer, haar gezicht opeens heel dichtbij, de bleke lijn van haar kaak en jukbeenderen. Ze strekte haar arm uit om haar omhoog te trekken. Ja, dacht Sophie, ja, dat wil ik. Alleen wij samen. Ze liet zich door de lange, smalle gang voeren. Ze stapten de keuken in, waar Zala nog meer thee en een bord met grof gesneden cake pakte. De ramen stonden open en de lucht was koel, met een vleugje soda van de schoongeboende keukenvloer. Net gewassen bladeren van een spinazieachtige groente hingen aan de spijlen van een rek achter in de keuken, sommige bladeren druipend, zodat er minuscule waterplasjes ontstonden op de doek die eronder lag uitgespreid. Het geluid van Zala's lachende broertjes uit de kamer achter hen.

Een spiertje in Sophies hals trilde licht. Kijk, papa, waar ik ben. Wat er allemaal gebeurt. We gaan het werkstuk bespreken. Jouw ideeën. Het Arabisch. Alles komt samen. En dit is nog maar het begin.

De kamer van Zala was smal. Sophie wist dat ze hier samen sliep met haar broertjes. Het was er overvol. Overal lagen stiften, stickers, potloden. Ze zag hetzelfde rode tapijt als in de woonkamer, met dicht op elkaar geplante haartjes, schuin omhoogstaand, alsof een aanhoudende wind ze die richting op blies. Ze deed een paar stappen naar binnen, ook hier kussens in lichte en donkere tinten rood en paars, en er was een rossige gloed van een lampje in de vorm van een vlam. Een zacht en genadig licht. Toch was er ook iets waardoor ze zich niet goed durfde te verroeren. Alsof ze met iedere beweging iets zou kunnen breken dat niet meer gelijmd kon worden.

'Ga zitten,' zei Zala, 'ik pak nog cola.' Kort daarop klonken lachende stemmen door de wand. Zala en haar moeder. Sophie kromp ineen, en dacht aan hoe de stem van haar tante die warme lentemiddag had geklonken. Ze was net terug van de kreek waar ze had gezwommen, en onverwacht stond tante Luci midden in de kamer. Ze zag meteen dat er iets mis was. Haar tante stond daar eerst maar, haar armen stijf langs haar lichaam. Toen liep ze op Sophie af. Het zachte, voorzichtige in hoe ze sprak: 'Fie, lieverd, kom eens hier. Kom eens zitten. Fie. Er is wat ergs gebeurd. Fie, je vader heeft een ongeluk gehad. Kleintje, kom eens hier, vogeltje, kom eens bij me zitten.' Noem me geen vogeltje, noem me niet zo! riep ze haar tante in gedachten toe. Alleen papa mag dat! 'Je vader. Er is iets met je vader. Er is iets gebeurd, lieverd. Er is iets gebeurd met je vader. Nee, zeg, doe niet zo gek. Zeg dat niet. Nee, natuurlijk niet. Nee, schat.' Toen had haar tante haar gezicht vastgepakt en haar blik in die van haar geboord. Haar stem veranderde. 'Kijk eens naar mij. Luister, dat mag je nooit, nooit meer denken, hoor je me? Want dat is niet zo. Dat zou hij nooit doen. Dat zou hij jou nooit aandoen. Het was een ongeluk, hij is domweg gevallen met zijn fiets.' Een ongeluk. Een ongeluk. De woorden begonnen zich in haar te herhalen. Het was een ongeluk. Haar keel schroeide dicht, een golf rolde op haar af maar net voor die omsloeg en haar overspoelde, wist ze zichzelf te kalmeren. Ik heb altijd gedacht dat ik zonder hem niemand zou zijn, schoot het door haar heen. Dat ik zonder zijn blik op mij niet bestond. Maar misschien is dat niet zo. Er is nu in elk geval iets nieuws in mijn leven.

De wereld kwam weer tot leven. 'Wat doe je raar. Wat sta je daar nou?!' Sophie schrok op van Zala's stem, opende haar ogen, glimlachte verontschuldigend, en realiseerde zich dat ze nog steeds in dezelfde houding stond. Daar was Zala's hand, die haar met een eigenaardig soort heel fijne warmte zachtjes richting de grond duwde. Daar schoof ze met haar rug tegen de muur, trok een kussen op schoot, en sloeg haar armen om haar knieën heen. Even zaten ze zo naast elkaar. Het regende weer.

Sophie had niet meer om zich heen durven kijken, maar nu liet ze haar blik rondgaan. Er stond geen bed in Zala's kamer, er lagen alleen dikke matjes. In een open kast, haast tot aan het plafond, lagen dekens, lakens en slaapzakken op de planken. Er stond een tafeltje met stapels schoolboeken en schriften eromheen, en aan de muur was met plakband een grote plaat bevestigd. Er stonden raadselachtige letters op die ze niet kon lezen, ze zag knipsels uit een buitenlandse krant, en een vlag waarvan ze de herkomst niet kon thuisbrengen. Daarnaast was een foto van een jonge man aan de muur geprikt. Met een doek, ingenieus om zijn hoofd gewikkeld, stond hij met een kaarsrechte rug in een berglandschap. Een officier, dacht ze, of in elk geval iemand uit het leger. Hij droeg een net jasje, misschien wel met insignes op de kraag. Dat was niet goed te zien, over het bovenste gedeelte van zijn schouders zat een vlek. Net als bij Zala leek er licht uit zijn ogen te komen, dat recht in de lens scheen.

Sophie kon haar blik er niet van losrukken. De jongen leek zo op Zala dat hij wel naaste familie moest zijn. Was het een oudere broer? Een neef? Of was dit haar vader? Kon dat? Was het een beeld van vroeger? De kleuren waren vervaagd, alsof de foto te lang in de zon had gelegen. Was hij dood, net als haar eigen vader? Er waren in Afghanistan veel ingewikkelde oorlogen geweest, daar had ze over gelezen. Zoveel indringers. Engelsen, Russen, Amerikanen. Na 11 september bemoeide de hele wereld zich met het land. Opeens moesten de islamitische strijdgroepen, die de moedjahedien heetten, worden verslagen, terwijl ze eerder met geld en wapens waren gesteund door het Westen. En dan had je ook nog de Taliban, waarvoor veel mensen het land ontvluchtten. Misschien was Zala's vader overleden in de heilige strijd. Ze rilde en dacht weer aan de YouTube-video's. Elke keer overviel haar een onnoembaar ellendig gevoel, maar omdat er tegelijkertijd iets anders in haar opwelde, moest ze blijven kijken. Misschien had het te maken met een puurheid die ze zag in sommige gezichten. Een vastberadenheid. Het leven in het kalifaat was hard, wist ze, er waren veel ontberingen. Sommigen leken verzwakt en gepijnigd, en toch ging er een kracht uit van die stoffige gezichten met hun scherpe, indringende ogen. Een kracht om iets tot uitdrukking te brengen. Was dat de kracht van God die zij voelden, had ze eerst gedacht, maar dat kon toch niet? God ontfermde zich toch niet over mensen die zo slecht zijn? Toch leken zij daar zelf helemaal van overtuigd. Ze waren weerzinwekkend, en Sophie haatte zichzelf dat ze naar hen keek. Even kneep ze haar ogen stijf dicht.

Ik ga het nooit meer doen, ik beloof het, papa. Ze greep haar glas bij het oor, goot de gloeiend hete vloeistof naar binnen, en schrok, de thee schroeide haar mond. Toch nam ze meteen nog een slok om alles weg te spoelen. Ze trok haar benen op en haar pony gleed over haar voorhoofd.

Zala dronk geruisloos van haar thee en at van de cake, die in brokken op het bord lag. 'Neem ook.' Ze schoof het bord Sophies kant op. Een vreemd moment was ze te verlegen om het aan te nemen maar Zala boog zich al naar haar toe, pakte haar hand, draaide hem om en legde de cake op haar handpalm. Hij was nog warm en lichter en kleveriger dan ze had gedacht.

Ze aten en dronken, en Zala begon te praten. Ze praatte makkelijk en snel, zonder dat Sophie echt iets hoefde te zeggen. Maar na verloop van tijd praatten ze allebei. Ze hadden het helemaal niet over het werkstuk en ook niet over het Arabisch, maar dat deed er niet toe. Het enige dat ertoe deed, was dat ze hier zaten, en dat er met alle gedachten die ze uitwisselenden ergens door iemand onzichtbare, heel fijne draadjes tussen hen werden gesponnen, een uitdijend web wevend met een betekenis die zich nog zou openbaren. Ze praatten over Zala's verzameling Nikes en hoe ze haar zinnen had gezet op de nieuwste Nike Air Jordan, de Jordan 12, in oranje en blauw, ze praatten over school en dat Zala misschien wel een klas over had kunnen slaan op de scholengemeenschap waar ze eerst op zat, maar dat ze sowieso haar vwo daar niet wilde afmaken, over dat ze een baantje wilde, dat ze geld nodig had, ze hadden het over Snapchat, en over haar broertjes, en ook over pauwen, Zala's lievelingsdieren. Over hoe ongelooflijk die eruitzagen en dat het net droomdieren waren, zei Zala, alsof ze verzonnen waren door een schilder. Toen ze meer vroeg over Sophies interesse in de islam, kwam het gesprek weer kort op haar vader. Ze praatten over zijn werk voor de rechtbank, de Ardennen, de val, zijn ongeluk, over de nachtmerries die ze had. Zala's gezicht betrok tijdens het luisteren, ze krulde haar lippen en even dacht Sophie ze te zien bewegen op een manier zoals ze dat zou doen in een gebed. Maar misschien was het een speling van het licht, en had ze het zich verbeeld.

Het werd weer stil in de kamer, maar het was een heel andere stilte dan Sophie kende. Lichter. Ze hoorde alleen het geluid van de regen, de korte, felle tikjes van de druppels die tegen de ruiten petsten. Op de achtergrond een heel ver geruis van het wegstromende water in de goot. De stilte was hier zoveel makkelijker dan thuis.

Ze dacht aan al die maanden dat ze nu bij tante Luci woonde, zij samen in dat veel te grote huis. Gisteravond was ze voor het eerst in lange tijd weer bij haar in de muziekkamer gaan zitten. Dat was de beste manier van samen zijn. Daar hoefden ze niet te praten. Er was het zachte suizen van de lamp, die daar laag boven de piano hing, en de brede vensterbank bij de ramen naar de tuin. Daar zat Sophie graag, met opgetrokken knieën, en keek ze naar de bomen terwijl de klanken over haar heen spoelden. Na verloop van tijd was het dan alsof de muziek heel ergens anders vandaan kwam. Niet meer uit een klankkast, en aanrakingen van vingers, maar uit iets dat groter was dan zij samen. Vele malen groter. Iets waar ze in wilde verdwijnen.

De stilte duurde. Zala zat met twee vingers in haar glas te prutsen, viste van de bodem een paar opengesprongen kardamomzaadjes en bracht ze naar haar mond. Stak ze tussen haar lippen, zoog er even op en begon er zachtjes op te kauwen. Na een tijdje spuugde ze de velletjes een voor een uit in haar hand en stond op om ze weg te gooien. Toen ze terug was, kwam ze dichterbij zitten en strekte haar been uit. Sophie wierp een zijdelingse blik op haar. Haar lippen die zich weer plooiden van concentratie. Wat heb je allemaal meegemaakt, dacht ze, in jouw land? In de oorlog? Ze huiverde.

Een fractie van een seconde flitste er een beeld door haar hoofd als uit een droom. Het was een beeld uit Syrië dat zich in haar had genesteld alsof ze het zelf had meegemaakt. Ze zat in de woestijn, haar hart op hol, haar hele lichaam nog sidderend van de aanval door de Amerikanen. Het was even plotseling gestopt als het was begonnen. Het gedreun van de bommenwerpers, onderbroken door de doffe knallen van het afweergeschut van IS. De geluiden trilden na tot in haar ingewanden. Ze kneep haar ogen dicht en opende ze weer.

Opeens het gezoem van haar telefoon. Drie over zes. Vier gemiste oproepen van haar tante. Meteen stond ze op.

'Ik moet weg.'

'Nu al?'

'Het is zes uur.'

'Maar we zijn nog niet begonnen. We moeten nog aan het werkstuk. En aan het Arabisch!'

'Mijn tante wacht. Die wordt kwaad.'

'Kom, alleen dit nog!' Zala liep naar een opengeklapte doos in de hoek van de kamer. Ze trok er een schrift uit, doorzocht een andere doos tot ze een pen had gevonden en gaf schrift en pen aan Sophie. 'Schrijf op.'

'Wat?'

'Een schema. We maken een schema van alles dat we gaan doen tot aan de herfstvakantie. Dan ga ik een paar dagen naar familie in Duitsland. Nog drie weken.'

'Waarom?'

'Als je het opschrijft, dan beloof je het.'

Sophie liet zich op haar hurken zakken, trok het schrift tegen zich aan en schreef op Zala's aanwijzingen:

Week 1: uitspraak alfabet, inleiding werkstuk

Week 2: belangrijke woorden voor Koran, hoofdstukindeling

Week 3: Dua's. Eerste hoofdstuk

Zala scheurde het vel eruit, pakte een paar punaises uit een etui en prikte het aan de muur. 'Zo.' Ze lachte en haar ogen waren opeens heel licht. De kleur verschilde zo maar weinig van die van haar eigen ogen, dacht Sophie. Ze slikte, en voelde haar tong zwaar worden. Ze wilde hier wel altijd blijven. Maar in de hoek van de kamer trilde haar telefoon weer.

'Ik ga.'

'Wanneer kom je weer?'

'Morgen?'

Zala lachte opnieuw. 'Dan moet ik mijn moeder helpen met wat brieven. Kun je overmorgen?'

'Ja, zondagmiddag.'

'Kun je elke week komen?'

'Ja, tijd genoeg.'

'Vrijdag en zaterdag? En zondag?'

Sophie knikte nog een keer en was zo blij dat ze haar niet meer recht durfde aan te kijken. Ze schoot haar jas aan, zei gedag, en toen ze bijna de kamer uit was, klonk achter haar weer Zala's stem, ernstig nu: 'Sophiedjan.'

'Djan?'

'Ja. Djan betekent lief. Lieve Sophie.'

Ze lachte. 'Ja?'

'Je moet me nog iets beloven.'

'Wat dan?'

Zala liep naar haar toe; haar glimlach maakte plaats voor een gekwelde uitdrukking. Ze kwam schuin voor het raam staan, en het wegstervende licht van buiten trok over haar ogen. Sophie dacht: alles, ik wil alles beloven.

'Dat je niet, dat je nooit, eh..., met die jihadi's...' Haar zin stokte. Toch zei Sophie: 'Ja.'

'Snap je me?'

Ze knikte, en nog eens, vertwijfeld. Had ze het over jihadi's in Afghanistan, had Zala daar iets over willen zeggen? Had het te maken met de oorlog in hun land? Ze wilde ernaar vragen maar ze bedacht zich. 'Het is veilig,' zei ze, al wist ze zelf niet wat ze daarmee bedoelde.

– 3 –

Toen ze thuiskwam, zat haar tante met haar bril op het puntje van haar neus aan een viool te prutsen. Sophie hoorde het ritmisch geruis van haar ademhaling. Haar onderkin, die altijd licht trilde, bloesde over de rand van haar gesteven kraagje. Haar nette kleren voor het concert van vanavond zaten al strak om haar heen. Al tijden werd haar tante almaar zwaarder. Vanavond had ze, zoals elke vrijdag, een concert met haar orkest, en daar doste ze zich altijd voor uit. Ze droeg haar zwartsatijnen jurk met rond het kraagje geborduurde rozen, waar zo een servet overheen ging tegen het knoeien. Ze had haar haren gewassen en geföhnd, haar dichte, lichtrossige krullen lagen aan de zijkanten plat tegen haar hoofd en waren bovenop samengebonden in een springerige knot. Haar haren lichtten koperkleurig op in het schijnsel van de lamp. 'Eindelijk,' zei ze, haar gezicht onbewogen, maar haar stem bitste, 'dek even de tafel.' Ze had soep gemaakt. Op vrijdag aten ze altijd snel, in de kamer in het souterrain.

Sophie, nog helemaal met haar gedachten bij Zala, bracht de pan, lepels, diepe kommen en het brood naar de kamer. Even later zaten ze tegenover elkaar aan tafel. Sophie schoof ongeduldig heen en weer, haakte haar gympen achter de spijlen van de stoel, en boog zich voorover tot haar borst haast de rand van de tafel raakte. Om zichzelf tot rust te dwingen, tikte ze met haar wijsvinger zachtjes tegen de onderkant van het tafelblad. Een twee drie. Een twee drie. In haar mond proefde ze enigszins bitter speeksel van de thee van vanmiddag, en haar maag knorde. Ondanks de cake had ze opeens zo'n honger dat ze haar lepel soep nog dampend naar binnen werkte, haar gehemelte verbrandde, maar meteen de volgende hap nam.

'Lieverd, zit eens stil.'

'Sorry,' zei ze, wegkijkend.

'Wil je nog wat?'

'Graag.'

Haar tante schepte haar kom weer vol. De damp van de soep steeg op naar haar gezicht en Sophie stak haar lepel weer in de soep, voelde haar maag samentrekken rond de gloeiend hete vloeistof. Voordat ze naar Zala ging had ze nauwelijks een hap door haar keel gekregen.

'Heb je nog geluisterd naar Sandström?' vroeg haar tante, doelend op de bewerking van het stuk *Hear my prayer, oh Lord*, van Purcell, door de Zweedse componist Sven-David Sandström. Een paar maanden geleden waren ze begonnen aan een gezamenlijk project. Haar tante had erop gestaan dat ze samen de muziek van Purcell op hun eigen manier zouden bewerken voor piano, met Sandström als voorbeeld. Maar Sophie had er allang geen zin meer in.

'O, ja. Een beetje.' Ze knikte met haar mond vol.

'Gisteravond heb ik het er met de dirigent over gehad. Waar je op moet letten, zei hij, is wat er halverwege gebeurt. Het eerste stuk is hetzelfde als bij Purcell, maar dan is het opeens of het op een heel mooie manier uiteenvalt.' Ze spreidde haar handen en maakte een gebaar alsof er iets in tweeën brak. 'Snap je wat ik bedoel? Lieverd, alsjeblieft. Je stikt zo nog als je niet langzamer eet. Ik heb geen tijd je naar het ziekenhuis te rijden, hoor, ik moet naar Amsterdam.'

Ze lachte.

'Nou, het is dus zo'n beetje op het midden, je moet goed opletten, dan verbrokkelt het als het ware. Ik weet er verder nog niet veel vanaf, maar volgens mij moeten we eerst even samen luisteren en dan pas de bladmuziek erbij pakken.'

Opeens verzadigd, legde Sophie haar lepel terug in de kom. Toen ze opkeek, zat haar tante onderzoekend naar haar te kijken. Ze wou dat ze daar niet zo nerveus van werd en sloeg een vlugge blik op het klokje op de kast. Twaalf over zeven. Opnieuw begon ze over Sandström en Sophie luisterde en luisterde ook niet. Dacht aan het schema dat ze met Zala had gemaakt, het werkstuk, het Arabisch, en ze wilde naar boven, om het uit te werken.

'We proberen het zo anders even. Hè, alleen even proberen?'

'Ik weet niet. Ik moet nog veel doen.'

'Kom op, ik ga pas om acht uur weg. Je wilde toch meer oefenen?'

'Na de vakantie. Dan is de opzet ingeleverd, ik moet aan mijn profielwerkstuk.'

'Goed, dan doen we het morgen.'

Sophie tikte nogmaals met haar vingers tegen het tafelblad, zei niets meer, en ze probeerde niet meer naar de tijd te kijken totdat haar tante met een in drieën gevouwen servet langs haar mond streek, ten teken dat ze was uitgegeten.

Vlug ruimde Sophie de tafel af, zette de vuile vaat in de afwasmachine en ging naar boven.

Haar kamer lag hoog, helemaal boven in het huis. Er was een trappetje naar een vide met haar boeken en spullen van vroeger. Schriften die ze had bijgehouden met weetjes over klassieke muziek. Haar eerste viool van toen ze zes was. Plakboeken met foto's van haar lievelingscomponisten door de jaren heen. Brahms, Haydn, Tsjaikovski. De oude harp van haar moeder. Daarnaast de kist met haar eigen viool, die ze sinds haar vaders dood amper nog had aangeraakt.

Beneden stond alleen een bed, een paar stoelen, een kast en een bureau. Tussen de schuine wanden van haar kamer voelde ze opeens hoe moe ze was. Ze zat even achter haar bureau maar liet zich al snel op bed vallen. Vandaar staarde ze naar de stapels boeken die ze nog wilde lezen voor haar werkstuk.

Als vanzelf gleden haar gedachten naar wat ze had gelezen op de bekeerlingensite, de site met informatie en verhalen voor bekeerlingen tot de islam, waarop ze zo vaak had rondgedwaald. Sinds haar vaders dood werd ze daar steeds maar naartoe getrokken. Aanvankelijk was het idee dat zij zich ooit zou bekeren onvoorstelbaar. Absurd. Maar de laatste tijd werd ze steeds vaker overvallen door de verwarrende gedachte: misschien, als ik anders word. Als ik meer mijn best doe me open te stellen. Er werd een cursus aangekondigd met de titel *Een introductie in de beginselen van de islam.* In de moskee. Aan het einde van de reeks lessen had je voldoende kennis om de shahada, de geloofsbelofte, uit te spreken. Een paar keer had ze op het punt gestaan zich in te schrijven, maar nee, geen cursus. Dat leek niet te kloppen, dat je een cursus zou moeten volgen om God te vinden. Het moest gewoon vanzelf komen. Zo ging dat toch? Ze dacht aan het verhaal dat een van de bekeerlingen laatst op de site had achtergelaten.

'Ik dacht altijd dat ik alles moest weten, alle boeken over de islam uit de bibliotheek moest lezen, voor ik de shahada mocht doen. Maar dat is niet waar. Je moet alleen de juiste intentie hebben. Dan komt de rest vanzelf.' En daarna schreef ze: *'Zo maak je Allah blij en Hij accepteert jou. Daarna leidt Allah jou naar alle kennis, alles wat je moet weten.'*

An-Nur, dacht Sophie, *Licht op licht. Allah maakt gelijkenissen voor de mensen en leidt naar Zijn licht wie Hem behaagt.* Ze leunde achterover, liet haar blik over het plafond dwalen en piekerde erover. Je moest de juiste intentie hebben. Maar, hoe kon je nou ooit weten of een intentie de juiste was? Of het genoeg was?

Ze ging weer liggen, wendde zich af van de boeken, rolde zich om op het matras en probeerde zich klein te maken. De gordijnen waren nog open, en buiten was het nu helemaal donker. In haar hoofd klonk de stem van Zala. 'Wanneer kom je weer? Kom je elke vrijdag? Elke zaterdag? Zondag?' Ze moest lachen en schoof op totdat de lichtbaan van de straatlantaarn die door het hoge, smalle raam viel, haar vasthield. Zo lag ze een hele poos. Door de vloer drongen de geluiden van haar tante, die haar viool aan het stemmen was. Ze had geen idee hoeveel tijd er precies was verstreken toen ze haar beneden hoorde roepen dat ze te laat was en nu echt ging. Sophie riep: 'oké', en 'veel plezier', waarop ze Luciennes voetstappen door de gang hoorde, de voordeur die dichtsloeg en de auto die wegreed.

Ik moet wat doen, dacht ze, maar ze lag nog steeds op haar rug. Met haar linkervoet duwde ze tegen het lampje dat aan een snoer aan het plafond hing. Het lichtje zwaaide door de ruimte, en bescheen eerst de ene muur en toen de andere, wierp licht en dan schaduw over de lp-hoezen van haar vader, en over de poster van de Sex Pistols, een punkband uit de jaren zeventig, ze vond de muziek vreselijk maar zou de poster altijd laten hangen. Het peertje zoemde met een geluid dat van heel ver leek te komen. Dit was de kamer van haar vader geweest. Lang geleden woonde hij hier met zijn zus Lucienne, en opa en oma. Hij was hier geboren, vijfenveertig jaar geleden, Lucienne drie jaar later. Het waren zijn duimen die ooit deze gekleurde punaises door het papier van de poster aan de muur hadden gedrukt.

Ze ging verliggen. Het dossier gloeide van onder het matras door de stof heen in haar rug, maar, zo voelde ze ineens, op een andere manier dan ze gewend was. Het heeft te maken met Zala, dacht ze, met vanmiddag. Opeens leek het allemaal met elkaar te maken te hebben. Normaal zou ze in verwarring zijn geweest over hoe vertrouwd ze zich al voelde bij Zala, maar om haar onduidelijke redenen piekerde ze daar niet over. Het leek allemaal veel minder plotseling dan het in werkelijkheid was geweest. En nu, nu ze met Zala bevriend was, had ze het eigenaardige gevoel dat het dossier op deze avond naar haar riep en op haar wachtte, dat ze er iets mee moest. Dat ze het echt zou durven lezen. Ze voelde de kracht van alles dat zich samenbalde en het volgende moment zat ze op haar knieën voor het bed en lichtte het matras op, zoals ze zo vaak had gedaan. Haastig, alsof ze elk moment betrapt zou kunnen worden. Met haar blik op de deur tastte ze in de spleet tussen matras en lattenbodem. Ze trok het dossier naar zich toe. Net zo vaak als ze het van a tot z had willen lezen, had ze zich voorgesteld de blaadjes met haar vaders aantekeningen in een zak te laten glijden, die onder in haar schooltas te proppen en de volgende dag weg te gooien. Alles van die kant van haar vader die ze niet wilde kennen, moest dan weg. Alles gewoon in de papierbak. Wat kon het haar schelen als iemand het vond? Haar vader was er toch niet meer. En ze wilde hem zich herinneren zoals hij vroeger was, zoals hij misschien nooit was geweest.

Achter in haar hoofd dreunde ineens weer zijn stem. 'Een humanitaire schande is het. De kinderen op de TA mogen alleen bezoek ontvangen achter glas. In geen enkele gevangenis is dat zo! Zelfs bij uitbehandelde tbs'ers of levenslang gestraften niet. Ze zijn alleen nog maar verdacht en mogen hun ouders niet knuffelen. Maandenlang. En dan zijn wij verbaasd dat ze vervreemd raken van de maatschappij!'

Ze snoof, ging zitten, pakte de stapel papieren en schrijfblokken en bond ze samen. Nee, schoot het nu toch weer door haar heen, ik wil het toch niet weten. Ik wil niets lezen over die vreselijke kinderen, aan wie hij meer tijd gaf dan aan mij. Door wie hij problemen kreeg. Het moet weg. Ik wil het niet meer onder mijn matras. Ze trok een koffer die nog van haar opa was geweest onder uit haar kast, duwde daar alles in, ging op haar knieën zitten en schoof de koffer zo ver weg onder de kast dat ze er alleen languit liggend nog bij zou kunnen. Ze ging aan haar bureau zitten, en opende het bestand van het werkstuk, maar niet veel later lag ze weer op haar rug op bed en staarde het donker in. De stilte in huis boog zich over haar heen. Daar was opnieuw dat vreemde gevoel, die drang als een donker gegons in haar oren. Dat ze toch echt alles moest weten, ook alles dat ze juist niet wilde weten, dat ze niet kon rusten tot ze alles wist. Dus knielde ze weer op de grond, trok de koffer naar zich toe en klikte de sluitingen weer los. Even bleven haar handen boven de rand van de deksel hangen, alsof ze wachtte op een teken van haar vader dat het goed was.

Toen deed ze de koffer een klein beetje open, keek erin, en sloot hem weer. Ze liep rondjes door de kamer in gekke, stijve pasjes. Na een paar minuten knielde ze weer op de grond, tilde vlug de deksel op, haalde het dossier eruit, legde het op haar schoot, en voelde het gewicht. Het werd met de tijd steeds maar zwaarder. Met licht trillende handen ging ze ermee op de grond zitten. Ik moet het doen. Steeds ben ik bang geweest voor wat er allemaal in kan staan, en dat ben ik nog steeds, maar ik moet er toch echt in kijken. Ik wil het weten. Nu. Wat het ook is. Nu Zala er is, nu ik met haar over hem heb gepraat, nu durf ik het.

In de kleine lichtkring van haar lampje begon ze te bladeren in het pakket met officiële papieren. Bij de stapel, door dikke elastieken bij elkaar gehouden, zaten ook schrijfblokken met zijn aantekeningen. Een flits van zijn schuine, haastige hanenpoten. Ze schoof ze onderop. Met opgetrokken knieën begon ze te lezen, vastgeklonken aan de letters. Haar kaken opeengeklemd las ze alles over het leven van Isra El Hannouri, zeventien jaar, verdacht van overtreding van artikel 140a van het Wetboek van Strafrecht, deelneming aan een terroristische organisatie. Ze las nu niet alleen de stukken over IS en de tenlasteleggingen van de rechtbank, maar ook alle verhoren van de politie, van de rechter-commissaris, verklaringen van Isra's vader, moeder en buren. Daarna een rapport van de Raad voor de Kinderbescherming en de Reclassering. Met verscherpte aandacht las ze alle zinnen die haar vader had onderstreept, alles wat hij er in de zijlijn bij had gekrabbeld.

Het was allemaal zo anders dan ze had verwacht. Isra El Hannouri kwam niet uit een achterstandswijk. In het verslag van de Reclassering stond dat ze was opgegroeid in een rustige wijk aan de rand van Amsterdam. Haar ouders kwamen uit Marokko maar spraken allebei Nederlands. Haar moeder was juridisch assistent, haar vader verpleegkundige. Toen Isra dertien was, werd haar vader verliefd op een andere vrouw en verliet zijn gezin. Zijn vrouw en hun enige kind, dat na zoveel jaren vruchteloos wachten toch nog was gekomen. Een godsgeschenk. 'Ze is altijd boos en verdrietig geweest om zijn vertrek,' vertelde Isra's moeder aan de Reclassering. Het veranderde haar. Ze verkrampte. Opeens moest en zou ze alles goed doen. Van zesjes ging ze naar achten, negens. Van vmbo naar havo, en vwo lag in het verschiet. Toen ze vijftien was, kreeg haar vader kanker en overleed binnen een paar maanden. Ze had hem al jaren niet gezien. Rond die tijd begon ze haar geloof pas echt serieus te nemen. Ook hierin moest ze de beste worden. De beste moslima. Haar niet-praktiserende moeder vond ze opeens maar slap. Zij ging alles anders doen. Leven voor Allah. Verwoed zocht ze naar regels die ze kon volgen, zo zei haar moeder. Gedragsregels om zuiver te worden, dat woord kwam steeds terug. Ze wilde niet alleen God dienen, maar haar hele ziel schoonwassen van de vlekken van haar verleden. Van toen ze nog meedeed met de niet-gelovige meisjes op school. Make-up droeg, naar muziek luisterde, met de jongens lachte. Dat alles had tussen haar en God in gestaan. Ze had het nooit zover moeten laten komen. Was hij nu boos op haar?

'Ik heb grapjes gemaakt met God,' zei ze in paniek tegen haar moeder. 'Ik heb hem niet serieus genomen, mama,' had ze gehuild, 'ik heb zoveel grapjes met hem gemaakt.'

Sophie ging op de rand van de vensterbank zitten, de woorden trokken door haar heen, en ze dacht erover na, kalm en tegelijk met een angstig trillen in haar binnenste. Wat was dit allemaal? Wie was die Isra? En wat bedoelde ze met grapjes met God? Zuiver worden. Wat was dat? En was dat mogelijk? Kon je alles dat vies was in jezelf, alles dat angstig was en vertwijfeld, wegwassen, schoonvegen, als regenvlekken van een ruit?

Ze staarde naar het plafond, daarna naar buiten, waar een vlieg tevergeefs vocht tegen een rafelig, ingewikkeld web en acht afwachtende poten. In haar gedachten praatte Isra tegen haar vader, tegen de rechter, tegen haarzelf. Opeens wilde ze niets liever dan weten hoe ze klonk. Wat ze zei. Hoe haar stem was. Ze probeerde zich een iele, heldere stem voor te stellen en toen een lage. Ze probeerde zich in te beelden dat Isra tegenover haar zat en haar uitlegde, stap voor stap, hoe dat moest, zuiver worden. Ze liep drie rondjes door haar kamer en al haar gedachten botsten op elkaar. Ze wilde aan haar denken en juist helemaal niet aan haar denken, maar ze ging weer zitten en las verder.

In de maanden voor haar vertrek kwam Isra steeds meer in een spagaat terecht, had de psycholoog opgetekend. Als ze in burqa op straat liep, werd ze door witte Nederlanders buitengesloten, uitgescholden. Behandeld als een melaatse. Ze spraken haar aan in de supermarkt, in de bus. Waarom kleedde ze zich zo? Misschien moest ze maar eens opdonderen naar haar eigen land. Maar waar was dat? Marokko kende ze alleen van vakanties. Haar enige thuis was online. Op haar laptop stroomden, samen met de beelden van de verschrikkingen in Syrië, ook die van het net uitgeroepen kalifaat haar kamer binnen. Nu bestond er een plek waar ze kon leven volgens de regels die God zelf zou hebben uitgevaardigd.

Op een druilerige dag in maart was Isra El Hannouri verdwenen. Van de ene op de andere dag verscheen ze niet meer op school. Haar telefoon was uit, ze beantwoordde geen mail, haar Facebookaccount was verwijderd. Drie dagen was ze onbereikbaar. Doodsbang schakelde haar moeder de politie in. Op haar laptop zag ze wat er was gebeurd. Isra was op weg naar het heilige land. Binnen een jaar nadat Abu Al Bhagdadi op 29 juni

2014 het tweede kalifaat in de geschiedenis van de islam had verklaard, en alle moslims opgeroepen had te komen, vertrok ze. Omdat dit als vrouw alleen niet makkelijk was, had ze een strijder gezocht om mee te trouwen. Dit werd de vrome Belg Brahim. Hij zat al in het kalifaat en vocht er voor de vrijheid van zijn broeders en zusters, voor een staat, ingericht naar die van de eerste generaties moslims na Mohammed. Na een paar weken vroeg Brahim haar zijn vrouw te worden. Via Skype werd het islamitisch huwelijk voltrokken, bezegeld vanachter de webcam door een imam uit Saudi-Arabië. Een paar dagen later ontving Isra vanuit Raqqa 1200 euro voor een ticket naar Istanbul, 1300 kilometer dieper in Turkije, bij Kilis, aan de Syrische grens, werd ze gearresteerd. Met wat kleren, een foto van haar moeder en een verfrommeld briefje met Syrische telefoonnummers in haar rugzak was ze op weg naar het Morgenland.

Sophie liet haar hoofd op haar knieën zakken, met een onaangename beklemming op haar borst. Ze spande haar rug, stond op, deed een paar verkrampte stappen, dronk water in de badkamer, haar handen stijf. Ze keek zichzelf aan in de spiegel boven de wasbak, boog zich naar voren en zocht haar eigen ogen af. Alsof ze daar de duiding kon vinden van wat dit allemaal te betekenen had. Maar ze zag hetzelfde als altijd. Haar ogen waren net zo grijs. Ogen die niet helemaal bij elkaar pasten. Het ene net iets groter dan het andere, en haar gedachten gingen weer naar Isra. Haar vader had dicht bij haar gezeten, haar in de ogen gekeken, wat had hij daar gezien? Hoe zag zij eruit? Hoe was haar blik? Haar gezicht? En wat was er aan de hand met haar? Haar vader was altijd zo zuinig met zijn dossiers, ze kon haast niet geloven dat hij deze zomaar had laten slingeren. Toch had ze op haar naam niks gevonden, behalve het handjevol vage foto's van haar inactieve Facebookacount. En ook als ze zocht op de naam van haar vader en die van Isra samen, kwam er niks. Aan haar tante wilde ze het niet vragen.

Ze ging weer aan haar bureau zitten en bladerde vlug door de papieren. Zocht de foto's, waarvan ze net een glimp had opgevangen. Een schimmige paspoortfoto, die met een printer was uitvergroot op A4-formaat, korrelig beeld. En helemaal onder in de map een uitgescheurd artikel uit een blad voor juristen, met een foto van haar vader met haar, naast elkaar. Zij aan zij staand voor de rechtbank. Hij lachend, Isra met een uitgestreken gezicht. Ze kon niet langer zijn dan een meter zestig, ze kwam bij hem tot zijn schouder. Sophie kon er nauwelijks naar kijken, wendde haar blik af, zocht weer naar de andere foto. Voorzichtig pulkte ze de nietjes los, haalde de papieren van elkaar en bracht de wazige foto dicht bij haar gezicht. Met een mengeling van afschuw en ontzag keek ze naar Isra El Hannouri. Naar haar gesluierde gezicht, haar blik recht in die van Sophie. Met een verstikte keel en haar hart bonzend tegen haar ribbenkast zat ze haar te bestuderen. Keek haar hulpeloos aan. Wie ben jij? bonkte het door haar hoofd. Jij kende mijn vader. Mijn vader kende jou. Jullie zaten samen in spreekkamertjes, hij luisterde naar wat je te zeggen had. Er vlamde woede in haar op. Waarom spande hij zich zo voor jou in? Veel meer dan nodig was, had ze haar tante meer dan eens horen zeggen. 'Je overdrijft gruwelijk, Sjoerd. Het is mooi dat je zoveel pro-Deo-zaken doet, maar dit slaat nergens op. Voor wie doe je dit nu eigenlijk? Wat wil je bewijzen? Je hebt ook nog een eigen leven, Sjoerd. Je hebt verdomme een dochter.'

Sophie wilde er allemaal niet aan denken, maar ze kon het ook niet loslaten. 'Wie ben je?' fluisterde ze, zo zacht dat ze zichzelf bijna niet kon horen. Wat ben je voor iemand? Isra keek Sophie vreemd aan, en kwam in haar verbeelding op haar af. Nee, dacht ze opeens, nee, je mag hier niet zijn. Ik wil jou niet kennen.

'Ga weg!' zei ze hardop en maakte afwerende gebaren. Ze wilde geen seconde langer naar dit vreemde kind kijken, ze wilde het niet. Ze staarde naar de verzameling papieren op de tafel. Die hoorden hier ook niet te zijn. Het was allemaal verkeerd. Ze stond op, schoof ertegenaan met haar arm. Weg, weg. Een stapel papiertjes viel op de grond, en ineens zag ze iets dat eruitzag als een brief in meisjesachtig handschrift. Ze schopte tegen de stapel aan, maar pakte het briefje toen toch op. '*Mijn allerliefste mama.*' Hartjes. Onmiddellijk schoof ze het onderop. Wat was dit toch allemaal? Toen begon ze te huilen. Ze wilde het allemaal niet meer weten, duwde het dossier onder haar bed, en liep snel de kamer uit.

Nadat ze een halfuur naar een documentaire had gekeken zonder daadwerkelijk iets te zien, even achter de piano had gezeten zonder een toets aan te slaan, zat ze opnieuw op bed. Ze pakte haar telefoon en staarde naar het icoontje bij Zala's naam. Kom dichterbij. Zwarte, gekalligrafeerde tekens, dezelfde als op het hangertje. De shahada. Zala deelde haar telefoon met haar oom, daarom was ze niet vaak online. Sophie ging aan het bureau zitten en zocht wat artikelen op voor het theoriegedeelte van het werkstuk, probeerde haar aandacht erbij te houden maar bleef elke paar minuten haar telefoon checken. Na een uur verscheen Zala toch nog. Het schermpje lichtte op.

'Hee Zala!'

'Hee Sophiedjan.'

Zala was aan het typen. Het duurde een tijd.

'Ik heb nagedacht. Misschien moeten we mensen interviewen over de islam, hoe ze het zien. Wat ze denken. En dan schrijven over hoe het echt is.'

'Ja! Een onderzoek naar het beeld van de islam.'

'Wat ze ervan weten.'

'Ja, komt goed! We gaan vragen bedenken.'

'Zeker!'

'En mijn Arabische les? We hebben nog niet geoefend? LOL.'

'Hahaha, geeft niks.'

'Ik vind dat we het vrijdag moeten doen.'

'Ok ok.'

Even bleef het stil. Toen was Zala weer aan het

typen.

'Hee, ik dacht nog iets, ik heb nog een idee.'

'Wat?'

'Over twee weken maken we toch inleiding PWS *af?'*

'Ja.' Smiley.

'Dan presentatie van ons onderwerp.'

'Yes.'

'We kunnen een anasheed erbij laten horen, dat zijn mooie, oude liederen.'

'Ik ken het!'

'Echt?'

'Ja.'

Van haar vader wist ze dat er speciale islamitische liederen waren zonder instrumenten, die anasheeds werden genoemd. Sommige waren gebaseerd op gedichten en gingen over liefde en vrede. Ze dacht aan het lievelingsgezang van hem, hoe heette dat ook alweer? Ze wachtte even, beet zachtjes op de binnenkant van haar wang. O ja. Opeens schoot het haar te binnen: de anasheed naar een gedicht van Al Boesiri.

'Ik moet weg!'

'Ok!'

Smiley met hartjes. *'Tot zondag!'*

Zie je wel. Alles kwam toch goed. Dat kon niet anders. Zala was er.

– 4 –

'Joehoe, lieverd. Opstaan. Het is laat!'

Dat was tante Luci's vaste roep. Zo klonk het elke zaterdagochtend.

'Ja, ja,' mompelde ze. Met moeite opende ze haar ogen en richtte zich half op. Ze had nauwelijks een oog dichtgedaan. Alles wat er die avond was gebeurd, gloeide na in haar lichaam. En toen ze eindelijk sliep, was de droom weer niet gekomen. Ze wist niet meer precies wat ze had gedroomd, maar Allah kwam er in elk geval niet in voor. Hij was niet gekomen om haar een teken te geven.

'Lief. Kom je?'

'Ja.' Ze kon één been over de rand krijgen en duwde zichzelf verder omhoog. 'Ik kom eraan!'

Doordeweeks riep haar tante haar om zeven uur, in het weekend om tien uur. Op zaterdag wilde ze met haar brunchen. Sophie ging even op de rand van haar bed zitten, zette haar ellebogen op haar knieën, legde haar hoofd in haar handen, stond op, schopte het dekbed op de grond en trok de gordijnen open. Een aarzelend plasje licht spoelde over haar voeten. De lucht was bleek en leeg. Met haar handen ineengewrongen wachtte ze een tel. Nog een tel, om haar gedachten rustig te krijgen. Het is vrijwel zeker dat tante Luci bang wordt als ze weet waar ik allemaal mee bezig ben. Afghanistan, het werkstuk, Isra. Ik moet niks zeggen. Ze stond op, liep naar de kast, trok over haar pyjama snel een trui aan en sokken. De openhangende gordijnen bewogen zacht in de wind.

'Lieverd, kom je nou?' Ze waren nog ruim op tijd voor het concert op zaterdag, voorlopig hoefde haar tante nog niet te vertrekken, maar zo was ze nu eenmaal, Sophie mocht niet pas de laatste minuut komen aanzetten. De brunch was een ritueel waaraan zij veel waarde hechtte. Juist dan wist Sophie niet wat ze tegen haar moest zeggen. Misschien deed ze het voor haar, dacht ze dat papa en zij dit ook deden. Maar zij hadden een hele tijd nauwelijks nog samen gegeten. Al zou ze dat nooit vertellen, het zou voelen als verraad.

De laatste maanden werkte hij zo hard dat hij ook een groot deel van de weekenden in zijn kantoortje zat, achter zijn stapel dossiers. Nog maar eens in de paar weken maakte hij ontbijt, altijd onverwachts. Dan hoorde ze hem al vroeg rondlopen, zijn voetstappen over de keukenvloer, het geklingel van pannen en bestek. Zachte, jazzy radioklanken. Dat waren de fijnste momenten. Zij lag dan in haar warme bed en maakte geen geluid. Ze mocht nog niet tevoorschijn komen, dat was onderdeel van hun spel. Het wachten kon haar niet lang genoeg duren. Dan kwam het moment dat haar vaders stem door de gang galmde: 'Fie! Fietje, kom je? Ontbijten, kleintje!' Ze reageerde nooit direct, had zogenaamd tijd nodig om wakker te worden. Hij riep opnieuw. 'Fieeeeetje! Kom je? Pannenkoeken!'

'Echt?!' riep ze na een paar seconden terug, met een verbazing die elke keer weer helemaal was zoals die moest zijn. Ze trok vlug wat aan, vloog de gang op en zodra ze de deur opendeed, rook ze die heerlijke, geruststellende geur. Verhitte boter, kaneel, chocolade.

'Morruguh...,' zei haar vader. Hij droeg slippers, had een schort om, zijn ogen glansden, en hij grijnsde naar haar. De laatste maanden zei hij soms: '*Sabahah-Al-Khair.*'

'*Sabahah An-Nur,*' antwoordde ze, gevolgd door een vreugdekreet:' 'Papa, wat lekker!' Daarna zaten ze lang aan tafel, zo lang als ze het kon rekken, en at ze tot ze niet meer kon. Haar vader draaide de pannenkoeken om en om, flinterdun, witbleek deeg dat langzaam begon te stollen en kleuren, en vanaf de randen goudbruin opkrulde, sputterend in de boter. Er stond een kan koffie op het warmhoudplaatje, waaruit hij zichzelf steeds bijschonk, en er was een grote kom beslag waarin geroerd moest worden. De laatste paar keer had hij *Qatayef* gemaakt, Arabische pannenkoekjes die ze vulden met room, honing of Nutella. Op die ochtenden was ze zo blij dat ze bijna uit elkaar plofte. Dan was alles precies zoals het moest zijn.

Ze haastte zich naar beneden. Zoals altijd kraakten de derde, zevende en negende traptrede onder haar voeten. Een splintertje in het hout van de op een na laatste trede drong door haar sokken heen. Het was allemaal bekend. Met haar ogen dicht zou ze alles in dit huis kunnen uittekenen, tot in de kleinste details. Ze kwam hier al haar hele leven. Eerst bij opa en oma. Beneden, in de serre, gaf oma haar pianoles. Op zolder, naast de kamer waar ze nu sliep, had ze eindeloos gespeeld. Het voelde nog zo kortgeleden dat ze daar als kind zat. Meestal logeerde ze hier de hele grote vakantie. De oneindige reeks dagen, de gruwelijke weelde van de zomerse verveling. De toneelstukjes en verhaaltjes die ze verzon. De buurmeisjes die elke dag kwamen. Altijd verlangde ze naar hun gezelschap. Maar zodra ze er waren, wilde ze weer alleen zijn.

Nadat opa en oma waren overleden, was tante Luci hier komen wonen. Zij had haast niets in het huis veranderd, de meubels stonden dat niet toe. De buffetkast op pootjes niet, de boekenkast, die zich uitstrekte tot aan het plafond, niet. En de eettafel, met zijn stoelen, hun rug argwanend opgetrokken, al helemaal niet.

Nu zat ze hier weer in die oude, sombere keuken. Ook hier was niets veranderd. Alles groen, hetzelfde behang van overal in huis, met die vreemde, onbestemde bladeren. De doordringende geur werd steeds sterker, een vettige waas van het koken, vermengd met boenwas en hars, die haar tante gebruikte voor haar violen.

Op tafel stonden de schalen en borden die haar tante net had opgediend. Brood, roerei, gekookte eieren, kaas, vlees, een zelfgebakken quiche. Orgelmuziek, die ze herkende als van Scarlatti, weerklonk door de kamer. De moed zonk haar alweer in de schoenen.

'Goedemorgen, kleintje.'

'Morgen...' Ze zei er niks van. Ze vond het inmiddels goed dat haar tante haar zo noemde, kleintje, vogeltje, zoals haar vader vroeger deed. Ze ging zitten, keek naar haar tante, die afwezig tegenover haar zat, op haar vaste plek. Achter haar was het raam, met daarachter de tuin waar de regen alle kleur uit had geslagen.

Luci stak haar hand uit en reikte naar het scherpste mes. Ze was heel zwaar geworden, maar had nog steeds sierlijke, tengere vingers. Vingers waarmee ze met afgemeten nerveuze rukjes door de harde korst van de quiche sneed. Door het raam achter haar viel wat zonlicht op haar dichte bos haar, dat even oplichtte. Haar vader had ook zulk dik haar en ergens kon Sophie het niet uitstaan hoeveel haar tante op hem leek. De vorm van haar gezicht was de vorm van het zijne, en al waren haar ogen lichter en smaller, ze keek nu naar Sophie met precies zo'n zelfde blik. Ze ging verzitten, pulkte met haar tanden aan haar nagel. Maar ik heb de vorm van zijn ogen, dacht ze, die zijn hetzelfde. Daar kan jij niet tegenop. Daarop sperde ze haar rechteroog, waarvan ze altijd dacht dat het iets groter was, open.

Plotseling dacht ze aan vannacht. De foto in het tijdschrift van hem en dat miezerige kind. Haar kleine gezicht zonder uitdrukking, spitse kin, nergens een spoor van dankbaarheid te bekennen. Opeens weer de vraag: Waar zou ze nu zijn? Moet ik beter gaan zoeken? En als ik haar vind, moet ik dan met haar praten? Papa, denkt ze nog aan jou, aan alles dat je voor haar deed, weet ze dat je er niet meer bent? Ik heb het steeds vermeden iets aan tante Luci te vragen over jou en die kinderen. Over jou en haar. Moet ik dat nu toch doen? Nee, dacht ze meteen, ze mag zich er niet mee bemoeien.

Ze schepte roerei op en snoof. Om haar gedachten te verjagen, pakte ze een snee brood, besmeerde die met veel boter; ze hield van alles dat vet was en ze werd toch niet dik. Niet zoals haar tante met die vlezige borsten, en die ronde heupen. Ik heb papa's bouw, dacht ze. Tenger en smal. 'Je bent een gazelle,' zei hij een keer toen hij achter haar langsliep, terwijl zij in de spiegel naar zichzelf stond te kijken. Daarna noemde hij haar soms *ghasal*, Arabisch voor gazelle. Een prachtig woord, en ze dacht aan wat Zala had gezegd over pauwen. Dat het haar lievelingsvogels waren, niet alleen omdat ze mooier waren dan mensen, maar vaak ook groter. Mannetjespauwen worden wel twee meter groot, vertelde ze. 'Wist je dat?' wilde ze aan haar tante vragen maar ze bedacht zich, en een tijdje zaten ze zwijgend te eten, allebei in hun eigen gedachten verzonken.

'Zeg,' zei Lucienne, 'hoe was het gisteren bij, hoe heet ze ook alweer, je Afghaanse vriendin? Je hebt er nog niets over verteld.'

'Zala heet ze. Leuk.' Ze keek kort op, prutste met haar ei. Ik moet opletten, dacht ze en klemde haar kaken op elkaar. Niet te veel zeggen. De woorden die zich in haar hoofd verdrongen, mochten niet naar buiten komen. Ze zou het niet begrijpen. Al het schitterende van de islam, waar zij juist dichterbij wilde komen, alles over Zala en hoe het was om bij haar te zijn.

'Jullie doen samen je profielwerkstuk toch?'

'Ja.'

'Waar ging het ook weer over?'

Het gaat over de Arabische geschiedenis van de wiskunde uit de negende eeuw. Dat had ze willen zeggen. Haast niemand weet dat de Arabieren de moderne algebra hebben uitgevonden. Dat was veilig. Maar ze klemde haar hand om het tafelblad, spanning trok in haar vingers, en ze antwoordde: 'Islam. Hoe de islam echt is.' Even vroeg ze zich af of ze de woorden echt hardop had uitgesproken.

Haar tante keek met een ruk op.

'Hoe de islam echt is?' herhaalde ze en keek Sophie aan met een strak gezicht, een spiertje net boven haar rechteroog trilde.

Sophie zag dat de woorden haar in haar stoel drukten.

'Waarom?' vroeg ze, 'Sophie, werkelijk waar, waarom?' De kraaienpootjes rond haar ogen werden een beetje scherper. En, zonder een antwoord af te wachten, zei ze hoofdschuddend, alsof ze het tegen zichzelf had: 'Daar gaan we weer.'

Sophie voelde haar mondhoeken trillen en keek naar haar bord. Papa, hoe moet ik dit nu uitleggen? Ik doe mijn best om haar niet bezorgd te maken, zoals jij zou willen. Maar dit moet ik ook doen, jij weet dat, en zij kan niet snappen waarom dit zo belangrijk is. Alleen wij snappen dat. Wacht maar, schoot het toen door haar heen, tot ik straks alles weet van de Koran en de hadiths. Dan kan ik het allemaal precies verwoorden.

Haar tante stond op, schonk koffie bij en ging weer zitten. Ze sloeg Sophie een tijdje gade. 'Waarom nou?' vroeg ze aarzelend, een hapering in haar stem. 'Waarom nou toch weer dat ellendige onderwerp?'

Even keek Sophie langs haar heen. In de tuin was de lantaarn nog aan en het gras werd door zijn glasachtige schijnsel verlicht. Ze legde haar vingers op haar oogleden en zei opeens heftig: 'Omdat ik dat wil!' Het volgende moment trok ze haar lip op en veegde met de rug van haar hand haar gezicht af, geschrokken van haar eigen reactie. Ze ademde diep in door haar neus, en blies de lucht uit door haar halfgeopende mond.

Elke keer dat ze het hadden over een onderwerp dat ook maar iets met haar vaders werk te maken had, liep het mis. Ergens wilde ze haar tante alles wel vertellen. Over Isra, alles dat haar vader voor haar had gedaan, over de gruwelen van het kalifaat, de uitgeputte gezichten van de kinderen die streden voor God. Over de recitaties. Maar het was veiliger om de muur zo hoog mogelijk op te trekken. 'Ik wil dit gewoon,' herhaalde ze, en probeerde haar stem te beheersen. Die klonk nu op een vreemde manier hoger, en voller.

'Dat weet ik, lieverd. En dat kan je ook goed.' Ze kon merken dat haar tante haar best deed rustig te blijven. 'Maar je zou hiermee ophouden, zei je, met al dat islamgedoe.'

Sophie keek even naar haar in de hoop dat ze nog iets anders zou gaan zeggen. Maar er kwam niets. 'Ik hou er gewoon van,' zei ze.

'Kies toch een onderwerp waar je wat aan hebt. Iets wetenschappelijks. Iets dat aansluit bij je studie straks. De islam staat zo ver van ons af...'

Het was precies zoals ze had verwacht. Haar tante wilde het gewoon niet begrijpen. 'Ja maar...' begon Sophie. De zin liep dood in haar mond. Ze kon beter zwijgen. Ze was alweer zo teleurgesteld dat de tranen haar in de ogen sprongen.

'Je werkt ook te hard,' zei haar tante met een geknepen stem, terwijl ze de punten van haar servet tussen haar duim en wijsvinger heen en weer draaide. 'Als jij iets interessant vindt, draaf je zo vreselijk door. Alleen maar lezen, lezen, lezen. Hoe houd je dat vol? Ik zou het niet uithouden, hoor, alleen met dat onderwerp, dat is toch vreselijk? Dat houdt niemand vol.'

'Papa werkte ook hard,' floepte ze eruit. Ze had meteen spijt. Vlug vulde ze een glas met water, dronk het zwijgend op, gevolgd door nog een.

Er veranderde iets in tante Luci's gezicht. 'Je vader werkte zeker hard.'

'Was dat zo erg?'

'Dat zeg ik niet.' Ze zuchtte, en pakte nog een snee brood. 'Laat ik het zo zeggen, het heeft hem niet gebracht waar hij op had gehoopt. Sterker nog, die islamzaken hebben hem niets dan slechts gebracht.'

Het duizelde haar, alsof ze onverwacht ergens naar beneden viel. Ze nam nog een slok. 'Hoezo?' vroeg ze strijdlustig.

'Niks lieffie,' zei haar tante nu zacht. Ze smeerde boter op haar brood, legde er twee plakjes kaas op en dronk geruisloos van haar koffie. 'Ik bedoel er niks mee.'

'Jawel,' hield Sophie aan. 'Wat was er dan?'

Haar tante richtte haar hoofd op, legde haar handen aan weerszijden van haar bord en sperde haar ogen wijd open. 'Luister, lieverd,' haar stem steeg een octaaf. 'Jij kende hem niet zoals ik hem kende, oké? Jij kende hem niet zoals. Ehh. Jij...' Ze brak haar zin af en begon opnieuw. 'Je kende hem niet als hij opgevangen moest worden. Als hij te ver was gegaan, overspannen was. Als hij alles anders ging doen... en... dat het niet lukte en...' Weer hield ze midden in haar zin op met praten, was even stil, haar ogen werden vochtig, ze deed ze even dicht, wreef ze droog met haar servet, en zei toen: 'laten we het ergens anders over hebben. Ik ga hier niet met jou over zitten ruziën. Waar hadden we het ook alweer over?'

Sophie wist niks meer te zeggen. Verward wreef ze met haar hand over haar nek en keek naar buiten. Een halfvergaan spinnenweb trilde zachtjes in een hoek van het raam, de ragfijne draadjes week van de regen, aan de zijkant was er een gat uit geslagen. Ze dacht aan een web van woorden en stiltes, waarin zij en haar tante verloren rondliepen, tastend naar manieren om elkaar duidelijk te maken wat ze bedoelden. Alleen de muziek ging door, ze hoorde hoe een tenor zich inspande om de hoge noten te halen.

'Hoe vaak was dat dan, dat hij overspannen werd?' vroeg Sophie toen, haar stem nu ook zacht.

'Ik weet het niet meer,' zei haar tante, 'echt niet.'

'Hoe vaak?' hield ze aan.

'Het was, gewoon, door de jaren heen...'

'Was ik al geboren toen het begon?'

'Ja, jij was er al.'

Hierna zweeg Sophie weer, en sloot kort haar ogen. Ze wist niet meer wat ze er allemaal van moest denken. Ze trok haar benen op, sloeg haar armen om haar ineengedoken lichaam.

Even was het stil. Toen begon haar tante weer te praten. Maar met een andere, zachtere stem. 'Luister. Jij hoeft voor niemand iets te doen, hè, vogeltje? Je hoeft niets goed te maken, niets af te maken. Niet voor je vader. Niet voor mij. We zijn nu nog maar met zijn tweetjes, hè, we hebben alleen elkaar nog. Laten we er het beste van maken.' Haar ogen waren nog vochtig.

Sophie knikte alsof ze het met haar eens was, maar in haar hoofd verschenen weer beelden van de oorlog. De jammerende moeders op televisie, wier kind de martelaarsdood was gestorven. Als papa Isra niet had geholpen, was ze nu misschien ook wel dood geweest. Vanuit de verte klonk het geklingel van een tram, wat haar terugbracht naar vannacht. Dat was zo vreemd geweest. Het gebeurde toen ze eindelijk in slaap viel. In dat holle moment tussen waken en slapen was daar achter haar oogleden opeens het verontrustende beeld van alle metro's van de stad, die op dat moment, in de verte, jankend door de ondergrondse nacht ratelden. Ze schrok op, het leek alsof ze dwars door haar kamer daverden, de poten van haar bed trillend. Er zaten kinderen in, met lange, dunne en zwarte sjaals, die ze heel vaak om hun hals hadden gewikkeld en voor hun mond geknoopt, hun kalasjnikovs tegen hun knieën geleund. Al die ogen volgden haar en zeiden: 'We kennen je vader. Wij kennen jou. En wij kennen God.' Ze grijnsden vals. 'Je kan nooit van ons wegkomen. Wat je ook probeert.'

'Weet je wat ik denk?'

Sophie schrok op. 'Wat?'

'Dat je dat werkstuk even moet laten voor wat het is en iets leuks moet gaan doen.'

'Ja.' Ze knikte afwezig.

'Er zitten vast meisjes in je klas waar je het goed mee kan vinden. Maar ik zie ze hier nooit. Bel er eentje op, ga wat doen.'

'Hm.'

'Fie?'

'Ja.'

'Is er nog iets anders?'

'Er is niets.'

Ze dwong haar lippen in een glimlach en knikte toegeeflijk. 'Je hebt gelijk.' Ze wilde geen ruzie. Papa en ik zijn gewoon zo, dacht ze, we zijn anders, we hebben interesse in dingen die andere mensen vreemd vinden. We zetten ons met meer dan honderd procent in voor wat we belangrijk vinden. Rechtvaardigheid, diepgang, we gaan misschien verder dan anderen kunnen begrijpen. Ik moet het laten. Tante Luci is niet stom of onaardig, ze is alleen maar verdrietig.

Opeens kreeg haar tante nog een idee. 'Zeg,' zei ze met gemaakt opgewekte stem. 'Misschien kunnen we vanavond kijken naar die documentaire over Ida Haendel?' Ze keek haar vragend aan met haar meelevende, vriendelijke blik. 'Lijkt dat je wat, meisje?'

Ze knikte.

'Dan doen we dat.'

Haar tante begon de tafel af te ruimen en was daarna luidruchtig bezig met de afwasmachine. Even stond Sophie nog naar buiten te kijken en liep toen ook de keuken in. Ze bleef dralen in de buurt van haar tante, wilde iets aardigs zeggen maar kon niks bedenken en toen was het moment voorbij. Te lang had ze daar zwijgend gestaan, en ze liet haar gedachten langzaam los. Haar hoofd was nu een mistige leegte. Ze verlangde ernaar om bij Zala te zijn. Om als het buiten donker was van de regen, dicht bij haar te zitten en samen te praten over soera's en de soeks van Kandahar, maar ook over

Nike Air Jordan 12 en het tam maken van pauwen. Zij samen in de kleine, vierkante kamer met al die in elkaar vervloeiende tinten rood, haar zachte adem, de klak van haar tong. Morgenmiddag zie ik haar weer.

Vlak voor ze naar boven wilde gaan, stapte haar tante op haar af, en pakte met beide handen haar gezicht vast. 'Kijk me eens aan. Ik moet vanmiddag naar de repetitie, dat weet je, hè? Ik eet in Amsterdam. Er is nog pasta carbonara in de vriezer. Red je het wel?'

Ze knikte afwezig.

'Zeg eens iets.'

'Ja.'

'Zeker? Wil je dat ik afzeg?'

'Nee, natuurlijk niet.'

'Ga even lekker douchen. Je ziet er moe uit.'

'Oké.'

'Gek kind.' Ze trok even aan haar pony. 'Je haar moet ook nodig geknipt.'

– 5 –

Ze zat weer aan haar bureau, in een versleten trui van haar vader, die tot ver over haar dijen viel. Hij was nu zo dichtbij dat ze half verwachtte dat ze tussen de vezels zijn lichaamsgeur vermengd met aftershave kon ruiken. Ze bracht de arm van de trui naar haar neus en snoof. Maar er was niets. Alleen zijn aantekeningen. Zijn islamboek lag opengeklapt voor haar op tafel, in de kantlijnen wat dingen die hij erbij had gekrabbeld, daarnaast het studieboek Arabisch. Op de rechterpagina bewogen de woorden in hun kunstig gekrulde lijnen en stippen van rechts naar links, daarnaast stond de Nederlandse vertaling. Ze dacht aan de anasheed op het gedicht van Al-boesiri, en ze hoorde weer hoe hij Boesiri uitsprak.

Naast elkaar zaten ze op de bank, een zomeravond, jaren geleden, toen hij haar de anasheed voor het eerst liet horen. De muziek stroomde door de kamer, zwol aan en nam af en hij had haar tegen zich aangetrokken, haar kin stevig tegen zijn schouder gedrukt. Ze hield zich angstvallig stil. Heel dichtbij was het ruwe geluid van zijn ademhaling, het bonken en suizen van zijn hartslag. Hij had zijn ogen dicht, maar zij keek aandachtig naar zijn vertrouwde lange, smalle gezicht, alsof ze voorvoelde dat ook hij zou gaan verdwijnen. Toen de muziek een einde bereikte, schoven zijn oogleden open. Hij boog zich wat voorover, wendde zijn blik af en zei tegen de grond: 'Dit is voor mij nou God.'

'Hè? Hoezo?'

'Deze muziek, dit is God.'

'Hoe bedoel je?' Verward was ze rechtop gaan zitten. 'Maar jij gelooft toch helemaal niet in God?'

Zijn ogen schoten heen en weer over haar gezicht. Toen legde hij zijn handpalm op haar kruin en zei, bijna fluisterend: 'Ik geloof in wat ik hoor.'

'Maar je zei dat je niet geloofde!' hield ze aan, haar blik in die van hem borend, terwijl ze tevergeefs wachtte op een lach.

'Luister nou maar,' zei hij, drukte weer op play en keek voor zich uit.

'Geloof je dan wel in de God van de moslims?'

Hij legde zijn hand in haar nek. 'Het is God omdat je niet precies weet wat het is, maar het bestaat wel.' Het was alsof hij dwars door haar heen keek, naar de wand achter haar. Zijn hand verplaatste zich weer naar haar hoofd, en hij drukte zo haar gezicht weer langzaam, voorzichtig tegen zijn schouder. 'Sss. Stil. Luister.'

Ze kon toen nog niet horen wat hij bedoelde. Ze wist alleen dat ze geen geluid moest maken zodat het moment niet uit elkaar kon vallen.

Ze probeerde zich weer te richten op haar tekst, maar als vanzelf gleden haar gedachten nu naar de dag van de begrafenis. Het was zo vreemd. Sommige momenten zag ze nog zo scherp voor zich, terwijl andere gebeurtenissen verweekt waren geraakt. Van hoe ze naar de begraafplaats waren gereden, bijvoorbeeld. Of de dagen dat hij opgebaard had gelegen in het appartement. Dat was haast helemaal vervaagd. Maar van de dag waarop hij werd begraven, wist ze alles nog. Hoe ze op de stoep naar de begrafenisauto had staan kijken. De kist was al dichtgeschroefd maar toch kon haar vader ieder moment de deksel opzijschuiven, zich oprichten, haar aankijken, de kilte uit zijn haar schudden. 'Vogeltje, dacht je nou echt dat ik jou ook alleen zou laten? Na mama? Dat ik jou dat zou aandoen?'

De hele nacht had ze aan haar tafeltje, hier, in zijn kamer, geschreven aan wat ze haar vader wilde zeggen. Het papier zat opgevouwen in haar broekzak. De hele dienst lang hield ze haar hand ertegenaan, om de woorden warm te houden. Alleen tante Luci wist ervan. Maar iets buiten haar om bepaalde dat het anders zou gaan. De tijd kroop voort, als drabbig slootwater. Af en toe keek haar tante haar vragend aan en dan schudde ze van nee, nog niet, nee echt niet, richtte haar blik naar de grond.

Opeens stonden de mannen op. De jaarclubgenoten van haar vader verzamelden zich als een haag om de kist heen, bogen hun knieën, tilden de kist op hun schouders en droegen hem naar het kerkhof. Buiten scheen de zon veel te uitbundig. Alles straalde zo dat het pijn deed. De boeketten. Het witte zijden lint over de kist. Ze had haar ogen tot spleetjes geknepen en opeens was het afgelopen. Ze had niks gezegd.

Ze boog zich voorover, haar traanbuisjes vulden zich met vocht, ze huilde kort en hevig. Ze leunde met haar hoofd in haar handen. Hou op, dreunde het in haar borst, anders zal het nooit meer stoppen. Ze hapte naar adem. Ga naar beneden, ga wat eten.

Dus stond ze op, liep door het licht van de gang naar beneden, opende de koelkast. Ze liet de pasta staan, dacht opeens: carbonara, daar zit varkensvlees in. Dat is niet halal. Misschien moet ik beginnen met halal eten. Ze herinnerde zich de vegetarische spinazieschotel die haar tante laatst had ingevroren. Aan tafel wachtte ze op de pling van de magnetron en legde haar hoofd weer in haar handen, haar vingertoppen koud tegen haar voorhoofd.

Tot haar eigen verbazing vond ze zichzelf wat later terug, languit op de grond, op de plaats waar ze eerder had gelegen en trok de koffer weer onder de kast vandaan. Onderin zat een stapel aan elkaar geniete A4'tjes met het logo van zijn advocatenkantoor. In grote, hoekige letters stond erboven: *Pleitnotities. De meervoudige strafkamer, rechtbank te Amsterdam.* De stapel was vuistdik. En dan waren er nog de schrijfblokken met aantekeningen van de gesprekken met Isra. Spanning trok in haar gezicht. Zoveel woorden. Zoveel uren. Als ze wilde, kon ze precies uitrekenen hoeveel. Bij elk gespreksverslag stond de begin- en eindtijd genoteerd. Al die tijd had hij tegenover haar gezeten, vast met een van zijn glanzende dassen om, de groenige, zijn nette schoenen. In een advocatenkamertje in de gevangenis, dicht bij elkaar, hij voorovergebogen, alsof hij steeds dichter naar haar toe wilde, zijn ogen groot en verwonderd. Urenlang hadden ze dezelfde lucht ingeademd.

Een paar jaar geleden was ze met haar tante gaan kijken naar een pleidooi van hem. Alles had ze in zich opgezogen. Hoe zijn lange, licht gebogen gestalte zich aftekende tegen het gefilterde licht dat de rechtszaal binnenstroomde. Hoe zijn stem weerklonk. Mijn vader, kon ze alleen maar denken, dit is mijn vader, en elke keer dat de gedachte zich herhaalde, verruimde zich iets in haar borst. De oplettende aandacht waarmee de rechters naar hem keken. Eerst stond hij rechtop achter een tafel vol hoge, scheve stapels papier. Maar zijn hoofd, dat zag ze, zat zo vol van alles wat hij wilde zeggen dat hij niet stil kon blijven staan. Met zijn licht opgetrokken schouders, zijn handen in elkaar gevouwen op zijn rug, begon hij met afgemeten passen rond te lopen. Maakte grote gebaren met zijn armen, de losse zwarte stof van zijn toga fladderde als vreemde vleugels om hem heen. Zo moest het ook bij Isra zijn gegaan. Terwijl ze met trillende vingers de bladzijden omsloeg, galmden zijn woorden tussen de hoge wanden van de rechtszaal.

'Edelachtbaren, Geachte leden van de rechtbank.

Mijn cliënt, Isra, is geen slecht mens. Integendeel. Het is een goed mens dat een slechte keuze maakte. Een slecht geïnformeerde keuze. De mannen en vrouwen met wie ze online contact had, deden zich voor als vrome moslims. Dat het terroristen waren, kon zij niet weten... Ja, ik ben het met u eens, misschien was het naïef. Naïeve hoop van een meisje dat klem zat. Uitgescholden werd op straat omdat ze haar geloof wilde belijden. Daar te ver in ging, zoals pubers kunnen doen. Zoals u leest in het psychologisch rapport is ze slim, zachtaardig. De deskundigen constateren geen probleem met de regulatie van haar agressie. Ze is niet uit op geweld. Ze wilde simpelweg naar een plek waar ze dacht te kunnen leven zoals haar God dat in haar idee van haar vroeg. Ze wilde haar broeders en zusters helpen, die door Assad worden gedood terwijl de internationale gemeenschap werkeloos toekijkt. De oplossing die zij koos voor haar problemen is niet goed te praten, dat weet ze zelf als de beste. Gisteren nog sprak ik met haar en vertelde ze me hoe dankbaar ze is dat ze is opgepakt. Dat ze weer in Nederland is. Dat de gruwelijkheden van het kalifaat van IS haar bespaard zijn gebleven. Leest u het briefje dat ze voor haar moeder achterliet, Edelachtbaren, dat geeft inzage in haar motieven om uit te reizen, in haar wanhoop...'

Daarna volgde nog een heel verhaal waarin haar vader sprak over een lage kans op recidive, waarin hij wees op haar IQ, haar zorgzaamheid, haar goede intenties. Ze had zich al ingeschreven voor een verkorte hbo-opleiding tot verpleegkundige. De strafeis van het OM van drie jaar cel was buitenproportioneel. Ze zou alleen maar afdrijven van de maatschappij. En wie schoot daar iets mee op? Hij pleitte voor onmiddellijke vrijlating met een voorwaardelijke straf en toezicht door de Reclassering, desnoods een enkelband.

Aan de laatste pagina zat een vel vastgeniet, met de uitspraak van de rechtbank, twee weken later. *'De rechtbank is meegegaan in het pleidooi van de advocaat,'* stond er. Isra mocht naar huis, met een voorwaardelijke straf van een halfjaar. Dat betekende dat ze nu allang vrij moest zijn. Misschien woonde ze weer bij haar moeder in Amsterdam. Studeerde ze voor verpleegkundige. Blijkbaar had ze geen nieuw Facebook-account aangemaakt, zat ze niet op Instagram. Of postte ze onder een andere naam. Straks zou ze ook het briefje lezen dat Isra aan haar moeder had geschreven, maar dat stelde ze nog even uit. Eerst de papieren die ze nog niet had gehad.

Haar tante kwam thuis en ging naar bed. Het kraken van traptreden, stromen van de kraan. Sophie las zonder onderbrekingen door, haar hoofd voorovergebogen, de spieren van haar nek aangespannen, en ondertussen werd de stilte om haar heen steeds intenser. In haar kamer tikten alleen de verwarmingsbuizen dof en onregelmatig, suisde haar laptop. Het gezoem van het peertje. Verder stond alles stil.

Als laatste zocht ze het briefje van Isra voor haar

moeder. Snel bladerde ze nog een keer door de hele stapel heen, en daar was het. Een kopie van een velletje dat uit een notitieboekje was gescheurd. Isra schreef netjes, met mooie lussen en meisjesachtige grote, bolle letters.

'Mijn allerliefste mama. Wat ik nu schrijf is het moeilijkste dat ik ooit deed. Het doet mij zoveel pijn want ik moet jou achterlaten. Ik ga weg, mama. En het spijt me zo dat ik je zoveel verdriet ga doen. Alsjeblieft, kan je dat begrijpen? Ik weet niet of je het kan begrijpen, mama. In de naam van Allah subhanahu wa ta'ala ga ik weg van alles dat Haram is en ik kan alleen maar hopen, mama, dat Allah ons zal herenigen. Ik ga vooruit op de weg van de soenna, en gehoorzaam, zoals het verplicht is. Ik hou zielsveel van je, mama, zoals het is toegestaan. Ik hou van jou. Maar ik hou bovenal van Allah. Ik wil niet langer wonen in een land waar ik zo ver van hem weg ben. Waar wij als moslims worden onderdrukt en gehaat als we ons gedragen zoals het voorgeschreven is. Ik ga Hijra maken naar onze broeders en zusters. Ze hebben mij nodig, mama. Zoveel van onze zusters worden gefolterd, verkracht, zoveel van onze broeders worden gedood.'

Sophie ging in de vensterbank zitten. Met holle ogen staarde ze naar een punt in de tuin, tussen de hoge, zwarte kastanjebomen, haar gedachten bij haar vader en alles wat hij voor dit meisje en alle andere kinderen uit het kalifaat had gedaan. Tot het hem had uitgeput, dacht ze. Was dat zijn dood geworden? Was Isra zijn dood geworden? Ze sloot haar ogen, en zag hem door de heuvels fietsen: een zwierige gestalte in korte broek met een tas op zijn rug, en daarin het boek met de gedichten van Rumi. Maar hij kon zich er de hele week al niet op concentreren, werd opgeslokt door Isra en de andere kalifaatskinderen. Bij een T-splitsing twijfelde hij, keek even verward om zich heen, alsof hij zich afvroeg wat de weg naar huis was, wankelde, en toen, precies toen, kwam er vanaf de andere kant een auto aanrazen.

Ze nam een slok. Dacht automatisch aan hoe ze hem de laatste maanden voor zijn overlijden, als zij 's nachts naar de wc moest, steeds vaker nog aan de eettafel zag zitten, gebogen over zijn papieren, zijn laptop. Weer moest ze haar tranen bedwingen. Haar gezichtsveld verkleinde tot een trillende halo in de lucht en werd vanuit een punt in de ruimte gevuld met gruwelijke beelden uit Syrië. De bergen, oneffen straten vol schreeuwende mannen. Vrouwen die naar een executieplek werden geleid om gestenigd te worden. Afgelopen nachten had ze daar weer een paar keer nachtmerries over gehad, waaruit ze klam wakker schrok. Rechts van haar klonk nu in gedachten de stem van haar vader, links was Isra. Je was verdoemd tot in het eeuwige hellevuur als papa je niet vrij had gekregen. Iets in haar kaakgewricht kraakte en de wereld kwam weer tot leven. Ze trilde. Er moest ergens geruststelling vandaan komen. Muziek, dacht ze, muziek. *Recomposed by Max Richter, Vivaldi, concerto no. 4, in*

F minor. Met gesloten ogen lag ze op bed. Ze viel pas in slaap toen de eerste strook licht boven de daken verscheen. Een uur later werd ze wakker, vermoeid, met ogen die brandden.

– 6 –

Ze zat tegenover Zala in haar kleine kamer. Sophie had weer bij de deur staan wachten tot Zala terugkwam met de gesneden cake, waarvan ze nu wist dat die Root heette, en met stukken fudge, met thee en cola. Op slag was ze toch weer verlegen geweest. Zala sloot de deur en ze gingen zitten.

Sophie keek om zich heen om alles opnieuw in zich op te nemen. Haar ogen gleden langs de foto van de jonge man. Ze wilde er niet bij blijven hangen, er was iets ergs met hem gebeurd, daar was ze zeker van, en ze rilde. Als vanzelf kneep ze haar ogen een beetje samen, en alle in elkaar overlopende kleuren rood in de kamer vielen haar nog meer op dan eergisteren. Ze tuurde naar de grof geborduurde bloemen in het roodpurperen tapijt, naar een stapel kussens in de hoek, en een kleed met franjes van een doffere teint rood, dat als een cape over een stapel matjes lag gedrapeerd. Voor een moment was alles in de wereld rood alsof dat zo moest zijn, en haar zou beschermen tegen dat wat nog zou komen.

'Kom, luister,' zei Zala. Ze had YouTube aangezet op

haar telefoon, en gaf Sophie een van haar oortjes. Sophie kroop naast haar op een mat, het licht van het nachtlampje gleed als een genadige gloed over hen heen. 'Heb je dit weleens gehoord?' Ze bewoog haar hoofd heen en weer bij een hiphopbeat die aanzwol. 'Het is in Dari. Jamal Mubarez, en Khalil Yousefi.' Zala glimlachte. 'Cool, hè?' Sophie had nog nooit van hen gehoord. De beats werden onderbroken door scheurende gitaarsolo's; Zala begon, de woorden voor zich uit zingend en met haar handen voor zich uit gebarend, heen en weer te deinen. 'Luister, het gaat over vreselijke dingen, de oorlogen in ons land, maar het is zo cool gemaakt,' ze kroop nog dichterbij, er kon nu niets meer tussen hen in komen, en haar toon zakte een octaaf. 'Weet je wat ze zingen?' Ze hield haar hoofd scheef en boog zich nog wat verder naar Sophie toe. Haar adem was zacht en schoon, een mengeling van kardemom en de zoete geur van fudge. In een flits het verlangen om stil te worden en nooit meer iets te hoeven zeggen. Zwijgen en op een andere manier de tijd weerstaan. Samen met Zala. Met hun lippen de klanken van de muziek aftastend. Dan was er misschien geen God meer nodig. Maar Sophie zat voorlopig naast haar en vond het fijn om naar haar te luisteren.

'Nee, ik weet niet wat ze zingen.'

'Harf E dil, zingen ze.'

'Wat is dat?'

'Het is, ehhhm, het is als... Harf e Dil is als woorden uit mijn hart. Het is, ehh, een soort geheim.'

'Geheim?'

'Dingen die ik in mijn hart draag.'

De tonen stroomden door haar heen, naast haar begon Zala harder te zingen, en de haartjes op haar armen schoten overeind toen Zala's adem langs haar oor streek.

'Welk woord betekent dan "hart" en welk "woorden"?'

'Hm, het is moeilijk uit te leggen, Sophiedjan. "Harf" is, hoe heet het, het betekent eigenlijk "praat". "Dil" is "hart". Maar ook niet echt, het is ook niet echt hart.'

'Wat dan wel?'

Ze lachte. 'Wacht, ik ga het je vertellen. "Dil" is een woord voor je, hoe heet het, organen. Maar het is ook een liefdevol woord. Je kan zeggen ik doe iets vanuit mijn dil.'

'En het geheim dan?'

'Kom op, luister gewoon.'

Dat probeerde ze. Ze luisterde ingespannen, haar ogen op Zala gericht, en volgde haar lippen. Zo probeerde ze de woorden van het refrein te onthouden, maar er was eerst geen houvast en de lettergrepen gleden steeds weer van haar tong af. Na een tijdje lukte het wat woorden mee te zingen, en nog een paar, haar schouders bewogen mee op het ritme. Nu zongen ze het refrein samen. Haar verlegenheid was weer verdwenen en opeens was het vier uur en hadden ze het helemaal nog niet gehad over Sophies ideeën voor de indeling van het werkstuk, die ze Zala had gemaild.

Sophie klemde haar hand om haar hals, en draaide haar gezicht naar de uitgeprinte pagina's van het werkstuk, die ze op een stapel papier zag liggen. Ze zou heel wat moeten gaan aanpassen. Alles over de jihadi's en hun motieven moest worden verwijderd. Het beviel haar eerst helemaal niet, maar het was de enige manier om het werkstuk samen met Zala te kunnen doen. Uiteindelijk had Sophie zichzelf gerustgesteld met de gedachte dat haar vader dit onderwerp ook mooi zou vinden. Door te schrijven over de stereotiepe ideeën van Nederlanders over de islam en daar een ander beeld tegenover te zetten, verdedigde ze de ware aard van de religie. Toch zat het haar nog niet lekker, ze schoof heen en weer op haar kussen en zocht naar woorden om erover te beginnen. Ze hadden het er niet meer over gehad. Natuurlijk wilde ze de sfeer nu niet verpesten, maar tegelijkertijd was dit plotseling vreselijk belangrijk en voelde het alsof er geen tijd te verliezen was.

Ze lagen naast elkaar op hun rug op het tapijt, met hun hoofd op een kussen, hun schouders raakten elkaar bijna. Zala speelde met haar telefoon, zocht weer wat op YouTube en de regen roffelde in de dakgoot. Sophie duwde zichzelf wat overeind, draaide haar gezicht naar Zala en bestudeerde haar, steunend op haar elleboog. Net toen ze erover wilde beginnen, riep Zala: 'Kijk! Ik heb het gevonden.' Ze draaide het lichtgevende schermpje Sophies kant op, zette het volume harder en er stroomde een krachtige, dringende mannenstem de ruimte tussen hen in. 'Dit is superoud, Aamir Khan, een Bollywoodster uit de jaren tachtig, maar nog steeds populair in Afghanistan.' Het was zo te horen inderdaad een oude opname en de stem van Aamir Khan kwam nauwelijks door het geknetter heen. Zala begon te lachen. Sophie keek naar haar bovenlip die zich weer krulde, het smalle geultje dat tussen haar neusgaten begon. Zala begon weer mee te zingen. Ze moest nú wat zeggen.

'Za?'

'Ja?'

Zala draaide zich om, keek omhoog.

Sophie hield even haar adem in voor ze zei: 'Ik zat te denken, hè, het werkstuk, we gaan nu veel veranderen.'

'Ja,' zei Zala, 'Het wordt heel mooi. Met die interviews. We gaan zeker een tien halen.' Met een vanzelfsprekend gebaar trok ze uit haar haarbos een lok naar zich toe, die ze uitrekte tot de krul tegen haar wang rustte. Ze kauwde ontspannen op haar lip.

Sophie voelde haar huid samentrekken. Ze wist niet hoe ze moest beginnen. Maar het moest, ze moest het er nog eens over hebben, haar hoofd zat er te vol mee.

'Mekka,' zei Zala na een tijdje.

'Wat?'

'Mekka, in de zesde eeuw. De eerste samenleving rond Mohammed. Zij hadden de wet dat, zeg maar, iedereen daar gewoon kon leven, Joden, ongelovigen, ze mochten elkaar niks aandoen. Ze respecteerden elkaar.

Supervredig. Is dat niet gek? Dat mensen nu doen alsof de islam onverdraagzaam is.' Ze maakte een gebaar waarmee ze de hele geschiedenis wilde aanduiden. 'Geen wonder dat mensen denken dat de islam het jodendom en christendom compleet heeft gemaakt, dat het het beste geloof is.'

'Wie denken dat?'

'Veel mensen.' Ze kauwde weer een tijdje gedachteloos op haar lip. 'Soms wil ik gewoon toen leven, weet je. Gewoon die tijd in gaan.' Ze wees met haar hand voorbij het raam en het donker, alsof zich daarachter het rijk van Mekka uitstrekte. 'Gewoon, *pssjjjj*, weg, naar die vrede.' Ze ging weer achteroverliggen, naast Sophie, en het kussen verschoof onder haar gewicht.

'Hm mm.'

'Maar eigenlijk ook niet,' zei ze, kwam weer half overeind en begon te lachen. 'Stel je voor. Ik! Dan had ik geen Nikes, geen Air Jordans, geen iPhone, geen Aamir Khan, helemaal niks, alleen kamelen en zand.'

Sophie moest ook lachen. Ze ging rechtop zitten. Nu moest ze doorzetten. Even staarde ze peinzend in de thee en zei toen op een toon die te verlegen klonk: 'Ik wil je nog wat vragen.'

Zala veerde rechtop, grijnsde, en ging staan. 'Wat Sophiedjan, wat? Vraag me alles...!' Ze rolde met haar ogen en spreidde haar armen wijduit, boog haar hoofd, alsof ze een soort hogepriesteres was, en zei met gedragen stem: 'U bent van harte welkom mij, het orakel van Kandahar, alles te vragen.' Ze begon weer te lachen. Ze had haar mond vol fudge. Ze kauwde, slikte het door. 'Wat?' herhaalde ze ernstig en ging weer zitten.

'Nou, die jihadisten, hè?'

'Nee, Sophiedjdan!' riep ze uit 'Niet weer, he? Pffff, je bent soms zo raar.' Met een zucht tilde ze haar hoofd op en keek Sophie recht aan. Ze kneep haar ogen samen.

Ze moest zich nu niet van de wijs laten brengen, dit was belangrijk. 'Je zei dat ze dom zijn.'

'Dat zijn ze ook.'

Ze zag nu dat Zala's pupillen zich verwijdden.

'Maar niet allemaal, denk ik.' Ze begon ergens aan, zonder goed te weten welke kant ze op wilde. 'Er zijn toch ook anderen?' Ze pauzeerde, dacht weer aan haar vader en haar mond vertrok. De dikke stapel pleitnota's, alles wat hij over Isra zei. Isra's briefje aan haar moeder. De letters met de grote lussen en bolle vormen. 'Mama, onze broeders en zusters worden gefolterd, vermoord, verkracht. Mama, ik ga vooruit, volg de weg van de soenna. Ik wil niet wonen in een land zo ver weg van Allah.' Had Isra het recht gehad terug te komen naar Nederland? Was het goed wat haar vader had gedaan? Dat kon niet anders. Zijn intenties waren goed. Net als die van haar zelf. Waarom kon ze die dan niet verwoorden? Soms dacht ze dat alles wat hij had bedoeld, waar hij zo hard voor had gewerkt, opgesloten lag in één woord. Maar ze kon niet bedenken welk woord dat moest zijn. 'Toch niet allemaal...' herhaalde ze. Het klonk zwak, maar ze moest erover doorgaan. Het was iets heel vreemds. Haar handen tintelden en ze voelde zich warm en opgejaagd. Alsof er ergens iets was, iets dat misschien wel vlak voor haar lag, dat ze tussen haar tanden moest zien te krijgen, en tot in de kleinste vezels fijn moest kauwen, als een grote homp brood die ze kon verslinden. Waarvan ze alles kon doorslikken om als een waarheid binnen in haar te bewaren.

Zala maakte weer het klakgeluid met haar tong.

'Niet iedereen gaat om te vechten,' probeerde ze. Alles wat ze zei werd onmiddellijk een afgrond waar ze in tuimelde. Ze zou alleen maar dieper in haar eigen woorden wegzinken.

'Niet iedereen gaat om te vechten,' herhaalde Zala smalend, 'ha! En dat geloof jij?'

'Soms willen ze daar helpen,' hoorde ze zichzelf zeggen. Tegelijkertijd klonk door wat haar vader had gezegd. Moslims worden vermoord en de westerse wereld staat erbij en kijkt ernaar. Srebrenica, Afghanistan. Irak, nu Syrië. Een moslimleven lijkt toch minder waard dan het onze. Dat roept woede op. De onrechtvaardigheid die die kinderen signaleren is levensecht. Hun oplossingen zijn alleen verkeerd. 'Ze zijn kwaad, ze willen iets doen.' Ze had haar schouders nu bijna tot aan haar nek opgetrokken.

'Als je daarheen gaat, ben je niet goed bij je hoofd.'

Sophie snoof, moest nu opeens haar ergernis bedwingen. Hoe moest ze in godsnaam dit gesprek voeren? Toch begon ze weer. 'Ze weten niet altijd waar ze aan beginnen. Soms worden ze gemanipuleerd... en...' Ze zweeg abrupt. Waar was ze mee bezig? Ze was natuurlijk een witte Nederlander, besefte ze opeens, en ze was bang iets verkeerd te zeggen. Ook al dacht ze ergens wel dat zij er meer vanaf wist dan Zala, het was toch ingewikkeld. Zala was zelf een moslim. Voorzichtig probeerde ze nog iets te zeggen, tastend vormden haar lippen de woorden: 'Sommigen willen gaan omdat er een kalifaat is, het tweede in de hele geschiedenis. Omdat het daar makkelijker is om een goede moslim te zijn, omdat ze daar dichter bij God kunnen zijn dan hier.' Dat was duidelijk geen goede zet.

Een donkerte trok over Zala's gezicht. 'Wat een onzin. Om een goede moslim te zijn hoef je niet terug naar de oertijd, hè? Als Mohammed nu leefde, had hij ook gewoon sneakers en een smartphone, hoor.'

Sophie wilde er wat tegen inbrengen, iets zeggen over Isra, en hoe ze op straat werd uitgescholden als een melaatse. Een selffulfilling prophecy, had haar vader het genoemd. 'Nederlanders,' zei hij, 'zijn bang voor moslims die zich traditioneel kleden. Dat zijn opeens terroristen. Door ze zo te behandelen, uit te schelden, te verstoten, drijven we ze juist van ons af. Soms regelrecht in de armen van IS.' Dat wilde ze allemaal zeggen, maar ze realiseerde zich hoe onzinnig het zou klinken uit haar mond, en nu pas drong het door wat Zala had gezegd en ze barstten tegelijkertijd in lachen uit. Minutenlang konden ze niet meer stoppen om het beeld van Mohammed op sneakers en met een smartphone in de woestijn. Een paar keer wendde Zala haar gezicht af, bedekte haar mond met haar hand, beschaamd probeerde ze het lachen te onderdrukken, maar dan brak er weer een giechel los uit haar keel. Toen ging ze rechtop zitten en zei ernstig: 'Maar echt, even serieus, geloof dat niet. Het is bullshit. Islam gaat niet om middeleeuwse regeltjes. En niet om waar je woont. Islam gaat maar om twee dingen. Een is dat je gedrag naar andere mensen goed is en twee is, hoe heet het, jouw relatie met God.' Ze bracht haar hand naar haar hart en liet die daar even liggen. 'Wat er is tussen jou en God. Liefde. Daar heeft niemand wat mee te maken.'

Sophie zweeg, verbouwereerd. Ze had Zala nog niet eerder zo serieus gehoord. Op de bekeerlingensite ging het ook altijd over goddelijke liefde. Dat Allah hield van mensen die zich tot hem richtten, die de shahada uitspraken. Dan ging hij vanzelf van je houden. Onwillekeurig keek ze naar Zala's hangertje, dat licht ving. Alsof ze het niet tegen Zala had maar tegen heel iemand anders, vroeg ze opeens: 'Wat denk jij? Als ik me zou bekeren, de shahada uitspreek, ga ik dan vanzelf houden van God? En hij van mij?'

'Wat zeg je nou voor iets raars!' Zala hield haar glas tegen haar lippen en keek haar met grote ogen aan. Een moment kromp Sophie ineen, maar ze herstelde zich meteen, en dacht: nee, ik wil het echt weten. Ze richtte haar hoofd op. 'Dat heb ik gehoord. Dat het zo gaat.'

Het kleine, schimmige gezicht van Isra kwam haar voor de geest. Isra die dicht bij de hartklop van Allah had willen gaan wonen. Hield Allah van haar? En zo ja, waarom? Zij was met slechte dingen bezig geweest. Terwijl voor haar, Sophie, met alles dat ze probeerde te snappen, te voelen, nog steeds geen teken van God was gekomen. Het voelde allemaal zo oneerlijk. En, had Allah van haar vader gehouden, gewoon om alle goede dingen die hij deed? Alle gedachten begonnen hinderlijk te zoemen in Sophies hoofd. Ze werd opeens bijna bang van dit gesprek.

'Nee, natuurlijk niet, Sophiedjan! Zo gaat dat niet, dat weet je zelf toch ook wel?' Zala praatte duidelijk en geconcentreerd. 'Het is alsof,' ze zuchtte, zocht naar woorden. 'Het is alsof... Als ik tegen jou zeg: ga van die persoon houden en je kent die persoon niet, dan lukt dat niet. Opeens van God houden kan ook niet. Je moet hem leren kennen. Je kan toch niet houden van iemand die je niet kent?'

Sophie knikte en werd stil vanbinnen, omdat ze zelf ook niet wist hoe ze kon vragen wat ze wilde weten. 'Nee, natuurlijk niet,' bracht ze met moeite uit en met een hulpeloos gebaar haalde ze haar schouders op. Ze zei niks meer en haar ogen schoten weer langs de foto van de jonge man.

Opnieuw moest ze denken aan alles wat ze had gelezen over de oorlogen in Afghanistan. Over de strijders.

Moedjahedien. En de Taliban, waarvan ze niet precies wist wat dat was. Als ze het zich goed herinnerde, hadden die iets te maken met Al Qaida, waren ze net zo gewelddadig. Maar ze had ook een mooi verhaal gelezen over hun leider mullah Omar, die de beroemde mantel die Mohammed droeg op zijn reis naar de hemel, had overhandigd aan de inwoners van Kandahar.

'Zijn er in jullie land ook jihadi's?' vroeg ze zonder er echt bij na te denken.

'Ik haat ze.'

'Wie?'

'Talib.' De schaduw over Zala's gezicht verdonkerde. In de hoeken van haar omlaaggetrokken mond ontstonden plooitjes, wat haar een bittere, trieste uitstraling gaf. Ze stond op, greep nog een fudge uit de schaal, peuterde de verpakking open, verfrommelde die en gooide het propje in haar glas, waar nog een laagje thee in dreef, zodat het bleef deinen in de zwarte vloed. Meteen had Sophie spijt van haar vraag.

Zala slikte en zei: 'Ik ga het niet over Talib hebben.' Ze kauwde nog op de fudge die ze net in haar mond had gestoken, maar scheurde het volgende papiertje alweer open, kneep met haar duim in het blokje, en rolde het daarna tot een dikke, lichtbruine plak in haar handpalm.

'Nee. Dat moet je ook niet doen,' zei Sophie, maar Zala hoorde haar niet, of misschien deed ze alsof. 'Zullen we gewoon beginnen met de hoofdstukindeling?' vroeg ze toen, met een dun stemmetje. Papa, zei ze in zichzelf, je moet dichterbij komen. Mij helpen. Hoe past het allemaal in elkaar? Ze stond op en deed een paar stappen naar voren, zodat ze bij het bureau kwam, ze pakte het werkstuk en strekte haar nek alsof ze haar vader daar, verderop in de kamer, zou kunnen zien zitten. Kon hij haar maar uitleggen hoe het allemaal met elkaar in verband stond, alles dat hij doorzag, waar hij mensen over uitlegde bij de rechtbank. Jij kon dat allemaal verwoorden, papa, dat kan ik niet. Maar ik moet het proberen. Ze ging weer naast Zala zitten en zei het nog eens. 'Laten we gewoon beginnen.'

Zala ging op haar hurken zitten, pakte Sophies schouders vast en bracht haar ogen op gelijke hoogte met die van haar. 'Je moet het nog echt beloven.'

'Wat?'

'Je moet beloven dat je nooit, echt nooit, over die kinderen, over die jihadi's gaat schrijven, alsof het normaal is wat zij doen. Oké?'

Sophie knikte. 'Natuurlijk,' zei ze gretig, maar ze begreep nog steeds niet goed waarom Zala dit vroeg, ze deden het werkstuk toch samen?

De rest van de middag dacht Sophie niet meer aan die belofte. Ze zaten op de grond met de boeken om zich heen. Zala hield een pen tussen haar duim en wijsvinger geklemd, streepte de belangrijke passages aan. 'Luister,' zei ze dan en gebaarde met haar vingers, alsof ze iets aanwees in de lucht om ze heen. 'Weet je nog, soera 109, waar we het over hadden? Dat de islam gaat over dat iedereen zijn eigen geloof heeft, en zich niet met elkaar bemoeit? En over de tijd van Mohammed in Mekka, de verdraagzaamheid? Daar beginnen we mee. En dan schrijven we over het beeld van de islam zoals het er nu is...' Zo werkten ze een hele tijd, afwisselend zwijgend, en overleggend, en Sophie genoot van elk moment, alles verliep als volgens een van tevoren vastgelegd schema.

Het werd alweer laat. Achter het raam verkleurde de lucht en de broertjes begonnen te rennen en te gillen op de gang. Van buiten, ergens ver weg, klonk het aanhoudende geblaf van een hond. Het is hier zo fijn, dacht Sophie. Als ik nog langer blijf, kom ik nooit meer weg. Ze greep naar haar telefoon. Het was zes uur. Ze realiseerde zich dat ze geen moment meer aan hun discussie over de jihadi's had gedacht.

Vlak voor ze wegging, vroeg Zala: 'Zeg nog eens iets in het Arabisch.'

Ze dacht even na, en zei toen, overdreven duidelijk articulerend: '"noedzoer" betekent offer, maar, luister, "noeeedzoooeeeerrr" is gelofte.' Weer barstten ze in lachen uit. 'Volgende week ga ik het je echt leren.'

'Echt?'

'Echt.'

Ze keek opzij. Zala liet weer het klakgeluid met haar tong horen.

'Hoe doe je dat?' vroeg ze.

'Zo.'

Ze probeerde het ook, met haar huig, maar het lukte niet.

'Dan leer ik jou dat volgende week.'

'Oké.'

Ze stapte de avond in en terwijl ze langs de donker wordende huizen terugliep naar de metro, voelde ze voor het eerst sinds lange tijd iets dat leek op geluk. De straten die eerst zo vreemd en verloren hadden geleken, glansden opeens, en al lopend kreeg ze het gevoel dat alles op een zachte manier dichterbij kwam. Dat ze er toch bij hoorde.

Die avond zat ze met haar knieën opgetrokken in de vensterbank. Haar tante had zich teruggetrokken in de muziekkamer, de klanken van haar piano zweefden zachtjes langs de trap omhoog. De maan was helder en vol en er kwam een stil, ver licht vanaf. Aandachtig keek Sophie naar die grote, witstralende bol, die daar zo eenzaam hing, en stelde zich voor dat dit het oog van God was, dat haar nauwlettend in de gaten hield. Op een fijne, behulpzame manier. Ze dacht aan het woord barmhartig, dat zo vaak terugkwam op de bekeerlingensite, en in alle boeken over de islam. Dit was het barmhartige oog van God. Op een vreemde manier leek het te kloppen. Stil zei ze het voor zich uit. 'Dit is de barmhartige God,' en ze kreeg een gevoel alsof ze naar iets keek dat ze kende. De maan leek dichterbij dan ze hem ooit eerder zag. In haar hoofd verscheen wat een van de meisjes op de bekeerlingensite had geschreven.

Dat de roep van Allah kwam, juist als je hem niet zocht. Want hij zocht jou. Bij één meisje was hij in een droom verschenen en toen ze wakker werd, stroomde er tussen de gordijnen door een prachtig licht haar kamer in. Daarna voelde ze aan alles zijn aanwezigheid in haar leven.

Bij een ander gebeurde het toen ze een mooie rood-met-gouden Koran in een boekwinkel zag liggen en de kaft aanraakte, nadat iets onbegrijpelijks haar hiertoe had aangezet. Misschien, dacht ze, was het toch echt niet nodig dat je Allah eerst moest leren kennen, zoals Zala had gezegd. Zocht hij haar ook en ging het vanzelf als hij haar eenmaal had gevonden. Ze durfde de gedachte haast niet toe te laten maar misschien was het toch mogelijk dat zij, net als Zala en de andere meisjes, de bekeerlingen, God zou vinden. Het gaat niet om regels volgen, dat had Zala toch zelf gezegd? Ze noemde het middeleeuwse regeltjes. Het is iets tussen mij en God, had ze gezegd. Nu herinnerde ze zich dat iemand anders op de site net zoiets had geschreven: dat de anderen te veel bezig waren met de regels van het geloof, en gaf toen voorbeelden van discussietopics op de site.

'Als mijn kat over mijn sadjada, mijn bidkleed, loopt, moet ik dan opnieuw beginnen?' Of: *'Tot hoever moeten mijn enkels bedekt zijn?' 'Jullie denken na over de verkeerde dingen,'* had zij geschreven. *'Zo is Allah niet. Het is een relatie van liefde, tussen jou en God. Alleen tussen jou en hem. Er komt een dag dat hij jou roept. Dan gaat het vanzelf. Dan houd jij van*

Allah en hij houdt van jou. Dan weet je vanzelf wat je wel en niet kan doen.' Ze kwam met nog meer voorbeelden. *'Dan ga je vanzelf niet op een vies kleedje bidden, de wuddu met de verkeerde intentie doen, of de hijab niet dragen. Want hij ziet jou. Hij is bij jou. En jij weet zelf wat je moet doen om hem blij te maken.'* Hij ziet jou, die zin had doorgeklonken in haar hoofd. En daar nog dagenlang rond gegonsd. Gezien worden door God. Dat klonk even ongeloofwaardig als geweldig.

Na een lange douche lag Sophie om tien uur in bed, ze voelde zich rustig en goed. De avond stierf langzaam weg, ze dommelde in, maar later, halfslapend, klonk alles opeens weer door in haar hoofd. Het geluid van Zala, die de shahada in haar oor fluisterde, het dichtslaan van de deur van Isra's cel, en het wanhopige huilen van haar tante in de kamer aan de andere kant van de gang. Ze schoof op, trok haar kussen over haar oren en na een tijdje kwam de stem van haar vader erdoorheen. Zacht maar verstaanbaar, zijn vinger tegen haar wang: 'Je doet het goed, meisje.'

– 7 –

De volgende morgen begon ze meteen aan het uitwerken van de nieuwe indeling voor het werkstuk. Ze was al vroeg wakker en nog voor haar tante opstond, lang voor school begon, zat ze achter haar bureau. Ze had slecht geslapen en de vermoeidheid had zich tussen haar schouderbladen genesteld. Maar ze liet zich er niet door afleiden. De laptop stond opengeklapt, al haar boeken om haar heen. Alles wat ze tot nu toe had geschreven, had ze verwijderd en verplaatst naar een aparte file. Weggooien kon niet. Maar nu begon ze samen met Zala aan een nieuw werkstuk.

Als onderwerp stond er in grote sierlijke letters: *Het beeld van de islam in Nederland, wat mankeert eraan?* Tien regels wit en daaronder hun namen: Sophie ten Boer en Zala Azimi, klas: vwo 5a en 5b, profiel cultuur en maatschappij. De hoofdvraag en nieuwe deelvragen stonden al netjes onder elkaar en ze was nu bezig het theoretische gedeelte en de onderzoeksvragen uit te werken. Ze worstelde met de hoofdhypothese en schreef in haar kladbestand dingen als: 'Nederlanders hebben een beeld van de islam als gewelddadige godsdienst door de invloed van media. Die leggen versimpelde verbanden tussen geweld en religie. In werkelijkheid is de islam in origine een godsdienst waarin begrippen als tolerantie en het bewaren van vrede centraal staan.' Ze noemde namen en theorieën van arabisten, historici en islamgeleerden die schreven over de soera's die opriepen tot vrede en geduld, beschreef de contemplatiepraktijken van de soefi's. Het nieuwe motto, uit de Koran, stond er ook al boven: *Wie een ziel doodt, is alsof hij de mensen gezamenlijk heeft gedood, Soera 5 al-Maidah, vers 32.* En: *Door het gedenken van Allah komen de harten tot rust. (13:28).*

Toch was ze nog lang niet tevreden. Ze zouden vrijdag weer samenkomen en er verder aan schrijven, daarna ging Zala naar Duitsland. Tegen de tijd dat ze terug zou komen, wilde Sophie het hele theoretische gedeelte af hebben. Het moest mooier worden dan alles wat ze ooit had gemaakt.

Die vrijdag noemde Zala Sophie haar imam, zoveel als zij wist van de islam, en Sophie had trots en verlegen gelachen. Zaterdag luisterden ze de hele dag muziek op Zala's kamer, en zondag gingen ze met haar broertjes naar het park. Er verstreken ruim twee weken, waarin Zala en zij elkaar elke vrijdag en het hele weekend zagen.

Doordeweeks had Zala weinig tijd. Na school moest ze haar broertjes helpen met hun huiswerk, haar moeder en oom met het vertalen van brieven, en eens per week ging ze naar de moskee. Niet een van de moskeeën bij hen in de wijk, waar ze makkelijk naartoe konden lopen, maar naar de moskee waar de Afghanen kwamen. Deze lag aan de rand van de stad, nog achter de havens, achter de nieuwbouwwijken die de afgelopen jaren tegen de stad aan waren verrezen. Zala nam met haar oom en oudste broertjes de bus. Drie kwartier heen, drie kwartier terug. Soms ging haar moeder mee. Ook moest ze vaak mee met haar moeder en oom om te tolken. Naar dokters, naar het gemeentehuis, of naar instanties waarvan Sophie nog nooit had gehoord. De laatste keer ging Zala mee naar een advocaat. 'Een advocaat?' had ze verbaasd gevraagd en een fractie van een seconde wilde ze vertellen over haar vader en de jihadi-zaken, over Isra, maar ze hield haar mond. Vroeg alleen naar het waarom. 'O, gewoon,' zei Zala, 'iets met de verblijfsvergunning, ze maakte een wegwuifgebaar. 'Komt goed.'

Zo leidde Sophie die weken haar leven. Alsof ze niet voelde dat er iets groots stond te gebeuren. In de ochtend ging ze naar school, liep van lokaal naar lokaal, en volgde haar lessen. Ze hoefde maar met een half oor te luisteren en de stof had zich al een weg gebaand in haar hoofd. Wiskunde, Latijn, Engels, alle vakken die zoveel saaier waren dan de boeken van haar vader. Af en toe voelde ze in de gangen de ogen van Zala op zich gericht, zag haar van een afstandje naar haar kijken. Ze keek terug, ze lachten naar elkaar, en beiden wendden hun blik weer af. Alsof ze hadden afgesproken dat ze op school niet met elkaar mochten praten.

Ondertussen wilde ze aan niemand laten merken waar ze mee bezig was. Haar tante niet, en ook op school vertelde ze niks. Niemand mocht zich met haar bemoeien. Dat ging eigenlijk vanzelf. Ze gedroeg zich gewoon hetzelfde als altijd, stond in de pauzes nu eens bij dit groepje, dan bij dat, en meed de drukte. Als ze moest praten, dan verzon ze wel wat, maar het liefste zei ze zo min mogelijk.

Na school was ze alleen in het grote, stille huis, haar tante was dan nog op het conservatorium. Ze liep rond, luisterde naar haar eigen voetstappen. Maakte haar huiswerk, en keek steeds weer of Zala online was. Maar dat was ze zelden. En dan nooit lang. Soms was het alleen 'hee Sophiedjan', 'hee Zaladjan,' een paar smileys en filmpjes. Dat was al genoeg.

Vaak dwaalde Sophie rond op de bekeerlingensite, las opnieuw alle verhalen, en toen ze een keer doorklikte naar een site voor islamitische kleding, werd ze overweldigd door het aanbod. Hoofddoeken in allerlei maten en afmetingen, vierkant of ovaal, gemaakt van viscose, chiffon, zijde en katoen. Er waren abaya's, hijabi's, kimono's, khimars, broekrokken, en niqaabs in satijn of 'comfort' waarbij geen stof werd vermeld. Al wist ze dat ze het nooit zou dragen, toch klikte ze het ene na het andere kledingstuk aan. Na een minuut of tien had ze genoeg items bij elkaar, met als favoriet een niqaab met kleine fonkelende glittertjes, net zoals die van Zala, de eerste keer bij haar thuis. Roze. Een dag later arriveerde er een doos, lang, smal en licht van gewicht. Snel verdween ze ermee naar boven, en verstopte alles in de kist op de vide, voordat haar tante thuis zou komen. Onder in de kist had ze het dossier gelegd, waarin ze nu al twee weken niet had gekeken, de nieuwe kleren stapelde ze erbovenop.

's Avonds at ze met haar tante, praatte over school, muziek, het nieuws, en de oorlog, waarna ze allebei verdergingen met hun eigen werk. Hun gezamenlijke muziekstuk lieten ze nog even voor wat het was. Na de vakantie gingen ze verder. Elke avond was nu gelijk aan de vorige. Lucienne zat achter de piano, of aan tafel onder de kleine lichtcirkel van de lamp, gebogen over de opdrachten van haar studenten, zo stil en geruisloos dat het leek alsof ze zich niet had bewogen als Sophie beneden kwam om thee te pakken. Het was haast niet voor te stellen dat zij dezelfde vrouw was die ze 's nachts de naam van haar vader hoorde jammeren.

Maar ook die avonden gleden voorbij en dan was het weer vrijdagmiddag en zagen ze elkaar weer. Sophie klopte aan, en door het ruitje van de voordeur zag ze hoe Zala de gang in liep, met de lichte katoenen broek en jurk om haar smalle dijen, met een zwaai gooide ze de deur open, haar ogen een en al lach, en met een langgerekt 'Sophiedjaaan' viel ze haar om de hals. Die middagen, bij de foto van de jonge man die Zala's vader moest zijn, de matjes met de half opgevouwen plaids, de stapel Nikes, de kruimels fudge en de theeglazen met de traag ronddwarrelende pitten kardemom, in die kamer waren er even geen vragen en geen antwoorden.

Het enige wat ertoe deed, was dat zij daar samen zaten, werkten aan hun tekst, alle woorden over islam en vrede, ernstig, tot een van hen weer over noedzoer, of noeeedzoooоeeerrr begon, of ging staan en een Bollywooddans deed, haar lichaam schokkerig liet bewegen, met haar armen draaide, stijf in de kom, haar handen wervelend rond haar hoofd, terwijl de ander klapte, of zo moest lachen dat ze haar thee uitproestte. Daarna probeerden ze weer serieus te blijven tot een van hen een steelse blik opzij wierp, recht in het gezicht van de ander die ook net voorzichtig opzijkeek, waarna ze weer half snikkend in lachen uitbarstten. Vanaf de andere kant van de wand klonken de ruziënde stemmen van Zala's moeder en oom ondertussen steeds vaker, steeds harder, soms vermengd met radiogeluiden die Sophie niet kon verstaan, maar dan deden ze hun oortjes in en spoelde de volle, hoge toon van Aamir Khan alles weg. Ze zag er nu al tegen op dat ze Zala straks haast een hele week niet zou zien.

II

– 8 –

Het was vrijdag, de herfstvakantie begon vandaag, en Sophie wist zich al dagen geen raad met zichzelf. Zondag, over twee dagen, zag ze Zala weer, de laatste keer voor haar reis naar Duitsland. Vandaag had Zala geen tijd. Ze was al de hele week nauwelijks online en het leek bijna alsof ze al vertrokken was. Sophie vertrouwde het niet. In de gang kwam ze een meisje tegen dat in de parallelklas zat, en ze hield haar staande om te vragen of zij wist waar Zala was. Ze haalde haar schouders op, ze wist alleen dat Zala al twee dagen niet op school was geweest. Deze middag had Sophie drie doelloze rondjes met de metro gereden, was uitgestapt bij de moskee en zat daar op haar bankje, met haar handen ineengewrongen. Over een paar uur was pas weer het volgende gebed. Nu was het uitgestorven. De auto's die langsreden, trokken met hun koplampen onduidelijke strepen in de lucht. In de verte glom de toren van haar vaders kantoor, die als altijd overal bovenuit stak. Hoewel de werkdag al om was, waren de ramen nog verlicht, wat maakte dat de regen daar uit een mooi opgelichte hemel viel. Maar alles dat mooi was, leek nu verder weg dan ooit.

Moedeloos liet ze haar hoofd op haar borst zakken en sloot haar ogen. Ze was de hele dag al niet in staat om aan haar vader te denken. Wanneer ze zich zijn gezicht probeerde te herinneren, was er alleen maar een vreemde leegte in haar hoofd. Het enige dat haar opeens voor de geest stond, waren zijn handen, stevige handen met lange, smalle vingers, heel zacht en blank, de palmen waren roze en onderaan zijn linkerduim zat een bruin moedervlekje.

Een hele tijd keek Sophie naar de toren, en wachtte op het moment dat ze haar vaders stem zou horen, dat hij dichterbij zou komen. Ze liep voor het bankje heen en weer maar voelde alleen maar hoe hij wegging. Zijn fiets reed een bergpad op, en hij ging weg, steeds verder en verder van haar vandaan, en op zijn klim naar de bergtop werd het pad smaller en smaller. Zijn fiets slingerde zich door de bergen, de ijle lucht strekte zich bleek en groots boven hem uit, hij verdween steeds verder uit zicht en er was niets dat ze kon doen. Ze zocht naar zijn stem die iets zou zeggen over de soera van de stijgende trappen, maar er kwam niets; er was alleen die onheilspellende stilte. In de metro terug deed ze nog een vergeefse poging om zijn gezicht te zien, het gezicht van haar vader die naar haar zwaaide vanaf het perron, om zich het bewegen van zijn handen te herinneren, maar ze wist niet meer waar in haar geheugen dit allemaal lag opgeborgen.

Ze zat op haar kamer met de deur op slot gedraaid. Met werktuiglijke gebaren ritste ze de hoes van haar laptoptas open, trok de computer eruit, opende het werkstuk, maar kon zich niet concentreren. Ze begon weer rondjes te lopen. Het volgende moment knielde ze neer voor haar bed. Haar handen doorzochten de ruimte eronder. Ze gleden langs het ruwe leer van het koffertje dat van haar moeder was geweest. Ze hoefde het niet te openen om te weten wat erin zat. Haar verzameling sjaaltjes en ceintuurs, chique pennetjes en de boeken waarin ze de muziek had genoteerd van de stukken die ze graag zong voor haar vader. Jacques Brel, Yves Montand.

Ze liet het links liggen, haar handen reikten doelgericht naar wat ze zochten: de krant van vorig jaar zomer met het artikel over haar vader. Misschien zou dat hem dichterbij brengen. Het was een uitgebreid interview, met een paginavullende foto. Haar vader zoals ze hem kende en ook niet kende, met zijn fiets, een zongebruind gezicht, en zijn oplichtende ogen, verwachtingsvol. Nu dwaalden haar ogen over de pagina's en was er alleen maar een holte in haar borstkas vanwaaruit pijn door haar hele lichaam straalde. Ze liet zich kwaad achterovervallen op bed. Knipte het licht aan. Ging zitten. Opende haar mond om naar hem te schreeuwen, maar met een diepe teug zoog ze alle woorden die ze had willen zeggen weer naar binnen, keek even stil voor zich uit, draaide zich toen met een ruk om naar zijn foto en fluisterde: 'Jij zou blijven... Jij wel.'

Nadat ze naar een deel van een concert van Verdi had geluisterd, waarvan de klanken van veel te ver weg leken te komen, pakte ze de krant opnieuw op. Weer liet ze haar blik, haast gedachteloos, over de foto gaan. Maar toen schrok ze zo hevig van wat ze bij het onderschrift zag staan dat ze stokstijf bleef zitten, en van ontzetting haar ogen sloot. Zo vaak had ze dit al gelezen, maar de woorden drongen nu pas echt tot haar door. 'Strafrechtadvocaat Siewert ten Boer' stond er. Natuurlijk. Iedereen noemde hem Sjoerd, maar de naam die in zijn paspoort stond, zijn officiële voornaam, was Siewert. Onder die naam was hij bekend als advocaat. Geen wonder dat ze niks had gevonden over wat er was gebeurd. Ze trok de laptop naar zich toe, opende Google, typte zijn naam in, de zoektermen 'jihad, advocaat' en kneep haar ogen dicht. Het jagen van haar bloed. Je hoeft het niet te zien, dacht ze nog, draai je om en zet het uit. Doe het niet. Om haar heen was het stil, alleen gefluister van motregen. Ze deed haar ogen open en liep naar de vensterbank en terug, ging weer zitten.

Eerst verschenen weer de paar artikelen in beeld, die ze eerder had gezien. Ze scrolde door. Een kop in grote zwarte letters. *Nederlands strafsysteem faalt. Jihadbruid Isra El H. terug in kalifaat*. Zijn foto. Ze wendde zich af van het scherm, en haar blik haakte zich vast aan de poster van de Sex Pistols. Ze stond op, wilde weglopen, maar al haar spieren verstijfden. Dit was het dus. Haar slechte voorgevoel over Isra klopte. Ze had gelogen. Haar goedaardige verhaal, al haar zogenaamd goede bedoelingen. Het was niet waar. Het was haar gelukt. Ze was er. En dat zij daar zat, dat het haar toch was gelukt, betekende maar één ding: ze had hem om de tuin geleid. Was haar bedrog, toen hij al zo moe was van alles wat hij voor haar en die andere kinderen had gedaan, de laatste druppel geweest? Met die gedachte werd haar hoofd ijl en leeg. Ze ging op de rand van haar bed zitten, maakte kleine, verstikte snikgeluidjes, en boog zich voorover. Na een tijdje trok ze de laptop opnieuw naar zich toe. In haar gezichtsveld verscheen nu de foto die ze eerder had gezien, van haar vader en Isra voor de rechtbank.

Ze richtte het lichtje van haar telefoon erop, kroop dichterbij en liet haar blik nu nauwgezet, analytisch over de foto gaan. Rechtsboven haar vader: de licht opgeheven kin en rechtgetrokken schouders, zijn stralende gebit. Linksonder Isra, haar gezicht nu goed zichtbaar, maar waar ze nog steeds niet echt naar durfde te kijken. Ze werd ijskoud vanbinnen en, terwijl de tranen over haar wangen begonnen te lopen, sprongen haar ogen met schokken over de tekst. Ze scrolde naar beneden, wilde zien waar het ophield, maar toen er na drie pagina's nog geen einde in zicht was, bewoog ze de cursor weer naar boven. De adem trok langzaam uit haar weg en in een onafgebroken reeks afschuwelijke minuten begon ze in flarden te lezen wat er stond.

'Goedgelovige advocaat liet zich inpakken door gewiekste jihadbruid.' 'Nederland weet zich geen raad met de meest gehaaide bruiden van terreurorganisatie

IS.' 'Amsterdamse Isra El H. terug in kalifaat, maakt ze zich op voor een aanslag?' 'Experts melden dat er te weinig kennis en te veel goedgelovigheid is bij justitie. Vooral bij advocaten, zoals de strafrechtadvocaat Siewert ten B., die el H. vrij wist te krijgen. Ten B. gaf een heel andere lezing van de gebeurtenissen dan het OM. El H., die werd opgepakt in Turkije nabij de Syrische grens, schrok zich volgens hem wild van haar arrestatie. Ze was naar eigen zeggen op humanitaire missie, om haar moslimzusters te helpen. Ook hoopte ze in het kalifaat dichter bij God te komen. Ze was niet uit op geweld. Na een halfjaar op de kleine, nieuwe terreurafdeling voor vrouwelijke gevangen in Vught te hebben doorgebracht, was er volgens hem geen risico op recidive. Maar alles wijst erop dat het haar alsnog is gelukt in Syrië te komen. Deskundigen vrezen dat ze in het chaotische, door oorlog geteisterde Syrië onvindbaar zal zijn, terwijl vrouwen als el H. een wezenlijk gevaar vormen voor de Nederlandse veiligheid. Doordat de circa 15 Nederlandse jihadbruiden, die vermoedelijk in het kalifaat zitten, de infrastructuur van ons land zo goed kennen, vormen juist zij een gevaar.'

Ze scrolde terug naar de foto, de tranen prikkend als rook in haar ogen, zoomde in, en bracht het beeld naar haar gezicht. Dus dit was Isra El Hannouri. Dit was haar echt. Ze durfde haar nu voor het eerst goed te bekijken. Haar mond was klein en ontevreden, en had iets gekwelds. Haar hoofddoek, stevig vastgeklemd, onttrok het bovenste gedeelte van haar voorhoofd aan het zicht, waardoor haar gezicht een stille en afgesloten uitdrukking had.

Met al haar spieren aangespannen zat Sophie op haar bed en bleef maar naar de foto kijken. Ik haat je. Ik haat je. En ik haat jou ook, papa. Wat ben je voor iemand? Waarom was je liever bij zo'n verschrikkelijk kind dan dat je bij mij was? En liet je je ook nog door haar inpakken? Waarom was je zo dom? Alles werd donker in haar hoofd. Ze wilde de foto vernietigen. Keek naar de zelfingenomen blik van haar vader en verloor haar laatste geduld. Luid riep ze tegen hem: 'Ga weg!' Er moest iets kapot. Het raasde en bonkte. Ze stond op, midden in haar kamer, haar gebalde vuisten in haar zij. Wat moet ik doen, papa? Wat? Ze moest kalmeren. Haar gedachten trokken een lijn diagonaal door de kamer. Volg die lijn, dacht ze, wijk er niet van af, dan komt er duidelijkheid. Ze boog haar hoofd en begon, in stijve, voorzichtige pasjes over de denkbeeldige streep van de ene hoek naar de andere te lopen, haar hele lichaam trillend. Het punt van huilen kwam weer, en ze telde haar stappen. Een twee drie vier, achter elkaar, vijf zes zeven acht, een twee drie vier vijf. Verdomme, papa, verdomme, als de kranten gelijk hebben, en ze gaat een aanslag plegen, dan is het jouw schuld. Jouw schuld! Nu versteende alles in haar en even dacht ze helemaal nergens aan. Ze liep weer heen en weer. Nog eens. Drie keer. Toen ze de laatste keer aan de andere kant van de kamer was en de vensterbank raakte, begonnen haar gedachten weer te stromen en gaf ze zichzelf antwoord. Wat ik moet doen, is dat ik jou moet vinden, Isra El Hannouri. Ik weet niet hoe, maar ik moet jou vinden.

Ze ademde diep in, en weer uit. Nu werd ze iets kalmer. Haar middenrif kwam langzaam tot rust. Ze was bevangen door een nieuw gevoel. Dat overrompelende gevoel dat ze diep vanbinnen wist wat ze moest doen. Maar hoe? Hoe moest ze dit aanpakken? Ze ging weer op bed zitten en dacht na. Hoe zou ze haar kunnen vinden? Iemand die in het kalifaat zit, was vast niet makkelijk te traceren. Als havo-scholiere uit Amsterdam was ze al nauwelijks vindbaar, laat staan als IS-vrouw. Ze had vast en zeker een andere naam aangenomen, ze leefde heel ergens anders.

Sophie begon weer rond te lopen, duwde haar gebalde vuisten in haar zij, ze voelde hoe de palmen van haar handen klam werden en de spieren in haar rug zich samenknepen. Ze keek naar buiten. Kneep haar ogen toe als om te zien of Isra daar was. Ergens in de tuin, dacht ze, in dat fatale onherroepelijke donker, staat de gewiekste jihadbruid Isra me van achter een boom te begluren met een triomfantelijk lachje om haar mond. Ze raakte in ademnood, dacht: misschien vind ik in het dossier op de een of andere manier aanwijzingen. Ze liep naar de vide, trok het dossier van onder de stapel kleren in de kist vandaan, en ging ermee op bed zitten. Met ruwe bewegingen sloeg ze de ene bladzijde naar de volgende om, en opeens kreeg ze een idee. Haar vader had haar verteld dat meisjes in het kalifaat maar weinig vrijheid hadden. Hun enige taken bestonden eruit voor hun man te zorgen en online andere jongeren naar het kalifaat te lokken. Dat betekende dus dat ze vindbaar moest zijn. Haar vader had het ook over *kunya's* gehad, wist ze weer. Dat waren strijdnamen die jongeren zichzelf gaven als ze naar het kalifaat afreisden, om zich bij IS aan te sluiten. Ze klonken mysterieus, maar vaak waren het simpele, stompzinnige namen. Meestal verzonnen ze gewoon een naam op basis van hun eigen voornaam en het land waar ze vandaan kwamen, zoals al Hollandi, al Americani. Losers, hoorde ze Zala in haar hoofd sissen. Je hebt gelijk, Za, ze zijn dom. Maar wacht maar, ik ga haar grillen. Ik weet nog niet hoe, maar ik luis haar erin. Ik word Yasmina en dan doe ik alsof ik ook naar Syrië wil komen. Als ze me vertrouwt, kom ik alles van haar te weten. Misschien bel ik dan wel de politie, of papa's kantoor.

Wat originelere types verzonnen een kunya waarin ze iets uit de islamitische geschiedenis verwerkten. Maar daar ben jij vast te suf voor, Isra El Hannouri. Dus begon ze met de meest voor de hand liggende optie: Isra Al Hollandi. Typte het in. Niets. Ze probeerde een tweede en derde variant, en bij de vierde was het raak. Isra Al Hollandya. Sophie kon het haast niet geloven, kon dit haar echt al zijn? Kon het zo makkelijk gaan? Was dit dé Isra?

Haar Facebookpagina verscheen. Sophies ademhaling versnelde. Een profielfoto van een mannelijke strijder met in de ene hand een wapen en in zijn andere de hand van een vrouw, gehuld in niqaab. Ze kon haar gezicht niet zien, maar de vrouw was duidelijk klein, zo te zien net zo klein als de Isra van haar vader. Daaronder een foto in verwaterde sepiatinten van een compleet kale ruimte, waar alleen een brommer was te zien, en daarachter, aan de wand, een wapen dat loodrecht naar beneden hing. Er kwam meer. Ze wachtte met ingehouden adem terwijl de pagina laadde, haar hart bonzend in haar keel. *Married to: Brahim.* Dat klopte. De strijder die Isra online had gevonden heette Brahim. Brahim uit België. 'Al Belgica' stond er inderdaad bij zijn naam En ook: Brahim Abu Nour. Brahim, vader van Nour. In het dossier had ze gelezen dat hij toen hij Isra leerde kennen, al een dochtertje had van een andere vrouw. Nour. Alles stemde overeen. Het kon niet anders. Het moest haar zijn.

Nu zag ze dat er nog iets bij Isra's status stond. *Zawzjatu Shaheed, widow of a martyr.* Brahim was dus overleden, als martelaar. Eronder stond zijn geboorte- en overlijdensdatum in islamitische jaartelling. Hij stierf in de maand Dhul-Hijjah in het jaar 1437. Dat betekende dat hij ongeveer een maand geleden was gestorven. Er verscheen meer tekst bij haar profiel: *Blessed in Shaa Allah, from Shaam.* Sophies huid trok samen. Shaam was kort voor *Belal-al-Shaam*, of *Belal-al-Sham*, het Morgenland. Het kalifaat. Ze scrolde verder. Daaronder in grote, oplichtende letters: *Gegroet, vanaf de andere kant van het slagveld!* Een foto van gouden licht boven een uitgestrekte zee van zand, er zo uitbundig vanaf spattend dat ze haar ogen vanzelf een beetje dichtkneep.

Ze zette de laptop op haar schoot. Haar hart was een paar tellen opgehouden met slaan en nu het weer op gang kwam, klopte het tot in het bot van haar kaakgewricht. Ze keek opnieuw. Het beeld van een vrouw in een zwart gewaad vulde het scherm. Een video. Ze drukte op play. Gedurende twaalf seconden zag ze de vrouw, van top tot teen gehuld in een zwarte, om haar heen fladderende niqaab, een geweer leegschieten in de blauwe lucht boven een kale zandvlakte. *'Dont cry if your husband ends up shaheed. Be proud! He is laughing in Djenna.'* Djenna, of Jannah, wist ze, was het paradijs. *'Sister, when your husband is blessed with the shaheed, don't scream and cry. Be happy and thankful. Cause Allah gave him what he wanted.'* Het ging verder met een aantal regels tekst over de jihad. *'De broeders doen jihad fisabilillah. Wallahi bij allah! Zusters, er is jihad, jihad is verplicht.'*

Sophie smaalde. Haar vaders stem drong weer haar hoofd binnen. 'Vaak weten ze maar weinig over de islam. Ze knippen en plakken wat bij elkaar dat ze kunnen gebruiken.' Ze dacht aan het woord jihad, de strijd, en de vier fasen van jihad die worden onderscheiden. Alleen de laatste had te maken met geweld, wist ze. En dan alleen als verdediging tegen een aanval van vijandelijke krachten. Jihad-al-nafs was de strijd met jezelf, en dat was de grootste en meest belangrijke strijd die je als mens voert. Ze scrolde terug naar Isra's foto en keek haar aan met een angstig gevoel van triomf. Ik weet nu al zoveel meer dan jij. Wacht maar. Ze boog zich opnieuw voorover, bracht de foto naar haar gezicht en zoog sissend lucht in haar mond. Kom dan als je durft. Je denkt dat je iedereen te slim af bent, maar ik heb je nu al gevonden. Ik weet wie jij echt bent. Leugenaar. Als jij er niet was geweest met je smerige verzinsels, dan had papa nog geleefd.

Ze schudde haar hoofd, ze wist niet hoe het heette wat ze allemaal meemaakte, welke woorden erbij hoorden. Alles bleef zich aan haar opdringen. Woede, angst, schuld. Ik zou alleen nog maar schrijven over vrede, dacht ze. Me niet meer bezighouden met die jihadi's. Ik heb het beloofd. Aan Zala. En ik weet niet of papa dit wel goed zou vinden. Natuurlijk komt hij er nooit meer achter wat ik doe. Maar toch. En de belofte aan Zala, die is heilig. Maar, dacht ze daarna weer, misschien is dit nog groter, is het groter dan alles.

Ze zag het negen uur worden, en om tien uur zat ze nog steeds in dezelfde houding achter haar bureau. Klapte de laptop dicht en weer open, begon opnieuw met lezen, en alle posts van Isra dreunden in haar hoofd. *'Its time for action.' 'Even if they would bring me bricks of gold and silver, I would not go back to the land of kuffar.'* Onverwachts ging het over in heel andere soort posts. Glanzende plaatjes van eten met bijschriften als: *'Drinking fresh lemonade in Shaam.' 'Blessed food in shaam. Enjoying the blessing of Khi-*

lafa.' 'Its magical, even fruit tastes different here!' Het ging maar door. Nog een video. Een groene vogel schoot als een pijl vanuit de open hand van een gesluierde vrouw de hemel in. Ze huiverde. Groene vogels, wist ze, stonden voor de zielen van de martelaren, die nu rondvlogen in het paradijs.

Zonder er veel over na te hoeven denken, alsof ze dit al weken had voorbereid, maakte ze een profiel aan. Yasmina. Ze vulde het met een aantal foto's en filmpjes die ze online vond over wonderen uit de Koran, een soeratekst, een plaatje van Disney Prinses Jasmine, en de Arabische tekens van de shahada. Vervolgens likete ze een video op Isra's timeline, dat de grootheid van Allah bezong bij oorlogsbeelden van gewonde en huilende kinderen die uit een ingestort gebouw werden gedragen. *'The violence here is exaggerated by the Western media! Don't believe it! The kuffar did worse.'* Ze dacht even na, dacht aan Isra's briefje voor haar moeder en stuurde een privébericht. *'Sister, its so true, dont let them dominate us! Brothers and sisters are being killed and the kuffar don't give a shit.'* Nu was het een kwestie van wachten.

Om halfelf hoorde ze de auto van haar tante, even later het dichtslaan van het portier, haar voetstappen in de gang. Ze rukte zich los, dwong zichzelf naar beneden te gaan, de trap af. Ze kon haar tante eerst niet vinden, ging de kamers af. Waste haar gezicht in de badkamer, dronk wat water, draaide zich om en zag haar in de deuropening staan, klein, gedrongen, maar toch de hele ruimte vullend, haar gezicht vermoeid. Even praatten ze over het concert, zetten thee, terwijl Sophies telefoon brandde in haar zak. Terug op haar kamer wachtte ze tot de geluiden in huis wegstierven. Elf uur, twaalf uur. Geen reactie van Isra. Om tien over twaalf ging haar tante naar bed. Even was er nog het licht dat onder haar deur doorkwam. Sophie wachtte. Een kwartier later werd alles donker. Nu kon ze rustig ademhalen. Isra sliep vast al. Maar zij moest verder nu, alles weten. Stilletjes sloop ze naar de vide, haalde de stapel schrijfblokken uit de kist en begon weer te lezen. In een ijzige stilte, met een verstrakt gezicht, gleden haar ogen van regel naar regel. Ze kon nauwelijks verdragen wat ze las, maar toch ging ze door. Drie schrijfblokken vol aantekeningen van de gesprekken met Isra. Met I. op de TA. Boven ieder gespreksverslag de datum, de tijden. 14 november, 20 november, 26 november. 14.30 tot 17.00, van 11 tot 14. Ze las veel juridische termen. Maar nog veel meer onnozelheden, die gistten in haar maag. De uitroepen, onderstrepingen, pijlen, tekens in de kantlijn. 'I voelt zich niet goed.' 'I ziet bleek.' 'Skypegesprek met moeder en tante ging niet door. Pesterij van bewaking?' 'I huilt veel. Heeft moeder meer dan een maand niet gezien! Mag haar niet knuffelen.' 'Bezoek nog steeds achter glas.' 'Conflict met bewaking.' 'Van laatste geld fruit besteld, kreeg bedorven kiwi.' 'Vriendin Fatima overgeplaatst naar Rotterdam. Is nu enige vrouw! Voelt zich niet veilig.' 'Naailessen stopgezet.' 'Nachtmerries over vlucht in busje Turkije. Waarom EMDR weer uitgesteld?' 'Aanvraag overplaatsing afgewezen.' Zo ging het maar door. Een to-do-list. 'Bel Ruben, vraag naar mensenrechtenverdrag. Brief voor directeur TA. Vraag islamoloog. Hoe zit het met Ramadan, Iftar op TA?' Eerst las ze snel, haar ogen door de papieren schietend, maar langzaam nam haar tempo af. Ze werd overvallen door een intense treurnis. Toen ze de laatste bladzijde had omgeslagen, zat ze een tijd doodstil op de grond. De beklemming op haar borst maakte de gewrichten van haar vingers stram en kneep haar keel dicht. Het was drie uur 's nachts. Ik wil het niet meer weten, dacht ze. Het is te veel. Ze krulde zich op in bed, trok de dekens op tot aan haar kin, en wachtte op de slaap die niet kwam.

– 9 –

Het was zaterdagochtend. Weer was Allah niet in haar droom verschenen. Ze lag op haar rug op het matras en staarde naar het plafond. Haar tante had al drie keer geroepen toen Sophie eindelijk het bed uit kwam en naar beneden ging. Aarzelend kwam ze de kamer in. Ze wil met mij praten, dacht ze, samen zijn, ik moet iets vertellen.

Lucienne zat op haar vaste stoel en draaide terloops aan de knop van de stereo. Radio 4. Er klonk operamuziek die op slag de hele, sombere keuken vulde en een stem kondigde ernstig aan dat het tien uur was. Ze schoof haar stoel dichter naar de tafel, haakte haar voeten weer achter de spijlen, haar borst haast de tafelrand rakend, schepte roerei op en begon te eten. Ze zag dat tante Luci ook moe was. Even zat ze stil te kauwen, haar blik rustend op haar handen. Ze lagen plat op tafel, aan beide zijden van haar bord, daarna vouwden ze zich rond haar koffiekop. Ze wierp een onderzoekende blik op Sophie en glimlachte. Maar onder haar glimlach ging iets anders schuil.

Buiten woei de wind door de kastanjebomen, hun

doorweekte bladeren kletsten tegen de ramen.

'Gaat het wel, lieverd?'

'Ja, het gaat prima.' Snel schonk ze zichzelf thee in en dacht terug aan wat ze vannacht had gelezen. Ze voelde dat er zo ontzettend veel woorden in haar waren, veel meer dan waar ze raad mee wist.

'Is er iets?'

'Nee, er is niets.'

'Ik zie dat er iets is.'

'Het gaat goed.'

'Ik geloof je niet, praat eens met me.'

Sophie slikte en voelde haar tong zwaar worden in haar mond. Tevergeefs probeerde ze de ogen van haar tante te ontwijken, die haar voorhoofd rimpelde alsof ze tegen de zon in keek. 'Je bent toch niet nog steeds bezig met die islamdingen?'

Ze probeerde het voor zich te houden maar ze voelde ook dat ze niets liever wilde dan praten over wat ze wist. Tegelijk had ze weer dat vreemde gevoel dat dit een soort test was die ze moest doorstaan.

'De huid onder je ogen lijkt een beetje opgezet, slaap je wel?'

'Het gaat wel weer,' zei ze en ging rechtop zitten in haar stoel. 'Het is alleen, nou ja, ik moet steeds denken aan dat Arabische liedje. Dat liedje dat papa vroeger zong als eh...' Ze sloeg haar ogen neer, die volstroomden met tranen.

Haar tante dronk met kleine slokjes van haar koffie. Toen keek ze op, schrok, en probeerde over de tafel Sophies hand te pakken. 'Och, vogeltje toch, vogeltje. Je houdt je ook altijd zo groot, huil maar eens goed, meisje. Vergeet niet, vogeltje,' zei ze toen en keek haar aan met een zachte blik, 'het is het niet waard.'

'Wat niet waard?' Ze depte haar ogen met een servet.

'Dat harde werk voor je profielwerkstuk, en je ontfermen over dat meisje uit Afghanistan, dat hoef jij allemaal niet te doen, hè? Je hoeft alleen maar voor jezelf te zorgen.' Terwijl ze Sophies hand bleef vasthouden, haalde ze met haar andere hand een croissant uit de mand met brood.

Sophie trok bruusk haar hand terug. 'Wie heeft gezegd dat ik dat doe?' En wat heeft Zala er nou mee te maken? Jij kent haar helemaal niet, die heeft geen hulp nodig, hoor!'

'Sorry, zo bedoelde ik het niet.'

Ze aten verder, maar haar tante at bedachtzamer, prikte met haar vorkje stukjes ham van de schaal. In de stilte die volgde, drong zich een doffe triestheid aan Sophie op en ze wist dat die de komende tijd niet meer zou wijken.

Tante Luci bleef maar naar haar kijken. 'Luister eens naar me,' zei ze toen, 'je weet het, je vader had zijn eigenaardigheden.' Ze wees met haar mes naar haar hoofd. 'Hij was de eerste advocaat die met die jihadikinderen werkte toen alles op tv alleen maar over IS ging, en werd in advocatenland opeens bekend. Al die aandacht eiste zijn tol. En hij zag de dingen niet meer goed. Dat lag niet aan jou, hè, dat lag nooit aan jou. Dat heb ik je al eerder gezegd, dat ben je toch niet vergeten hoop ik?' Ze stond op, en liep naar Sophie toe, die tegen haar wil in huilde, en trok haar tegen zich aan, haar kin stevig tegen haar schouder gedrukt. Ze veegde haar haar opzij en Sophie kon niet anders dan het toelaten. Toen haar tante haar weer losliet, wreef ze nog een keer over Sophies gezicht met de rug van haar hand. 'Kijk me eens aan. Onthoud je dat?'

'Ja.'

'Zeker?'

'Zeker.'

'Goed.'

Toen ging haar tante weer zitten, zette haar bril op, en knipperde hevig met haar ogen.

Sophie voelde zich uitgeput. Langzaam roerde ze in haar thee. De donkere rimpelende vloeistof, zwalkend tussen de randen van haar kopje, reflecteerde haar gezicht op een vreemde, verwrongen manier. Een enorme vermoeidheid had haar overvallen en ze wilde nergens meer over nadenken. Ze geeuwde en maakte aanstalten om van tafel op te staan. 'Ik ga nog even naar bed, ik ben doodop.'

Haar tante zat peinzend achter haar kop koffie. 'Ga maar slapen, liefje...'

Toen ze wakker werd, was de middag al ver gevorderd, het was nog steeds licht, maar de zon had zich al een heel stuk over de tuin verplaatst en zou binnen een paar uur achter de schuur verdwijnen. Zala was nog steeds niet online. Een hele tijd keek ze strak naar het scherm van haar telefoon en wachtte tot er iets gebeurde. Uiteindelijk popte een pushbericht op over een aanslag op een school in Irak.

– 10 –

Om twee uur 's nachts sliep Sophie nog steeds niet en dacht: ik ga verder aan het werkstuk. Zachtjes, om haar tante niet te wekken, sloop ze uit bed en even later zat ze aan haar bureau in haar vaders trainingsjasje, ze streek met haar handen langs haar gezicht en staarde uit het raam. Aan de hemel straalden maar een paar sterretjes heel zwak en ver, hun schijnsel was koud en wazig. Het bezorgde de kruinen van de steeds kalere bomen een naargeestige aanblik.

Een tijdje keek ze naar de tekst op het scherm van haar laptop, maar ze kon zich niet concentreren. Ze opende Facebook. Nog steeds geen reactie van Isra. Ze staarde weer naar haar profielfoto, en scrolde door naar de bekeerlingensite. Ik moet weer mooie dingen lezen over de islam, dacht ze, en zocht tussen alle bekeringsverhalen naar een goed verhaal. Maar ze kende alles al. Ze stond op, liep naar de badkamer om wat te drinken, en vond zichzelf terug voor de spiegel. Ze bracht haar gezicht dichter naar haar eigen weerschijn. Wie hou je nou eigenlijk voor de gek? Je gaat haar nooit spreken. Denk je nou echt dat het zo makkelijk gaat? Dat iemand als Isra, die in het kalifaat woont, waar het maar de vraag is of ze stroom hebben, zo snel op jou kan reageren? Vergeet het. Laat het los. Ga slapen.

Ze viel in slaap, maar niet veel later schrok ze wakker van het geluid van haar telefoon. Het volgende moment stond ze bij de vensterbank. Het was Isra.

'Salaam alaikum, sister,' las ze. Ze greep de rand van de vensterbank. Ze was het echt.

'I see you liked my video. Its going viral now, crazy!' Met trillende handen liep Sophie terug naar het bed. Het was gelukt. Even was ze weer verbaasd over hoe makkelijk het ging, maar toen herinnerde ze zich opnieuw wat haar vader haar had verteld. Als jongeren eenmaal daar zaten, waren ze volledig in de macht van IS en moesten ze online propaganda voeren, zieltjes winnen, anders werden ze gestraft.

Ik moet niet langer wachten, dacht ze, pakte het islamboek van haar nachtkastje, opende de la, en griste ook haar schrift Arabisch mee. Ze ging op de vensterbank zitten, de telefoon schuin zodat het licht op de juiste pagina viel, en tikte een bericht terug. *'Wa aleikum as Salaam.'* Ze werd even onzeker, wiste het, zocht snel de spelling van aleikum op, zag dat het klopte, en typte het opnieuw in. *'Wa aleikum as Salaam, hahaha, great!'* en drukte op Send. Er kwam meteen een nieuw berichtje binnen:

'Where u from?'

'Ik kom uit Nederland.' Ze liep naar het bureau,

pakte ook het schrift met werkstukaantekeningen. Alles in haar trilde. Ze hield haar linkerarm met de telefoon een stukje van zich af, om afstand te creëren tussen zichzelf en Isra. Ik ben het niet die dit doet, dacht ze. Het is Yasmina. Ik ben Yasmina. Opeens een belachelijke gedachte. Ik moet een hoofddoek om, het moet voelen alsof ik de hijab draag. Ze had op de foto gezien hoe stevig vastgeklemd Isra's hoofddoek zat, zo moest het bij haar ook voelen. Ze legde de telefoon even neer, pakte een elastiekje, streek haar haren met beide handen strak naar achter, en bond ze zo stevig vast dat ze het tot in haar haarwortels voelde trekken.

'LOL, ik ook,' luidde het volgende bericht van Isra. *'Ik ben ook van Nederland.'*

Sophie moest denken aan het briefje voor haar moeder. Aan de krullen van haar haast kinderlijke handschrift. Ze klonk zo opgewekt nu, maar naar papa toe had ze zich natuurlijk anders voorgedaan. *Zielig en somber.* Haar woede brak weer door de stilte heen. Wacht jij maar. Ik pak je terug. Op de een of andere manier pak ik je terug. Als papa had geweten dat je terug zou gaan, had hij jou nooit verdedigd. Achter in haar hoofd dreunden de klanken van de lievelings-anasheed van haar vader. Je hebt hem belazerd. Je hebt hem uitgeput. En meteen was het alsof hij daar stond, in de hoek van de kamer, en naar haar keek. Kijk, papa, kijk wat ik doe. Ze kon zijn trots al bijna proeven. Je was te goedgelovig. Maar ik ga het allemaal weer goedmaken.

Kijk eens, papa, wat ik durf. *'LOL,'* typte Sophie, *'Ik heet Yasmina, jij hebt een mooie profiel.'* Ze schudde haar hoofd. 'Mooie,' zo'n spelfout paste niet bij haar, maar de meisjes op de bekeerlingensite schreven zo. Ook als ze in Nederland waren opgegroeid, Nederlandse ouders hadden. Alsof dat zo hoorde. Ze drukte op Send.

'Hallo, Yasmina, Moge Allah jou zegenen.'

'Hallo, moge Allah jou ook zegenen.'

Het kostte steeds minder moeite om erin te komen. Nog heel even was ze klungelig, nog te veel Sophie. Ze liet van de zenuwen haar telefoon haast vallen, of vergat BismiAllah erbij te zetten. En ook Zala zat nog te veel in haar hoofd, in het donker klonk het afkeurend klakken van haar tong. Za, dacht ze, ik weet dat ik dit niet moet doen, je haat deze mensen. Maar ik haat haar ook, ik ga haar erin luizen. Begrijp me, alsjeblieft? Ze dwong zichzelf deze gedachten los te laten.

Nog een keer scrolde ze terug naar Isra's foto, wilde haar weer zien, en bekeek haar met ernstige, nerveuze aandacht, haar vingers tintelend. Het volgende moment vloeiden de woorden zo uit haar, alsof ze al een hele tijd hadden liggen wachten op dit moment.

'Ben jij Hollands?' vroeg Isra.

'Ja.'

'En jij bent moslim geworden?'

'Ja!' Smiley. *'Alhamduhillah!'*

'Wat goed van jouw. Ik ben trots op jouw!'

Sophie rechtte haar rug en stuurde een emoticon

van twee handen samengevouwen in gebed. De tintelingen breidden zich uit en stroomden via haar vingertoppen naar haar armen, borst en hals. Het gebeurde echt.

'Moge Allah jouw zegenen. En moge hij jouw reis zegenen.' Ze stuurde een hartje, het duizelde haar even van alles wat er op haar afkwam, en ze legde haar hoofd op haar knieën. Ze richtte zich weer op en opeens realiseerde ze zich wat Isra had geschreven. Reis? Hoezo reis? Ze doelde toch niet op Syrië? Ze probeerde haar daar toch niet nu al warm voor te krijgen? Stond ze onder zoveel druk om Nederlandse vrouwen naar het kalifaat te krijgen? Even werd ze overmoedig. *'Ben jij daar echt, in Shaam?'* typte ze, maar wiste het meteen. Te snel. Ze dacht even na. Zeg nog even iets gewoons. Ze schreef: *'Gaat het goed met jou?'*

'Ja... Jaaaa!'

Ze stuurde weer een smiley. Toen bedacht ze wat anders. *'Kan jij mij helpen, Bismillah?'*

'Natuurlijk.'

'Dnk je!'

'Waarmee kan ik helpen?'

'Ik wil weten hoe kan ik leven als hele goede moslima, in shaa Allah. De beste. Ik wil alles goed leren doen. Misschien kan jij mij helpen.' Ja, dacht ze, de beste, ik wil de beste zijn. Isra was alweer aan het typen. Zachtjes bijtend op haar lip wachtte Sophie op wat er zou komen. Ze durfde zich opeens niet meer te bewegen en een paniekerige stilte daalde op haar neer.

Nu niets fouts zeggen, het niet verpesten.

'Ja, zeker! Dit is een goede site... Check alle artikelen! Over oemma broederzusterschap enzo.' Een duimpje.

Ze stuurde een duimpje terug, al had het antwoord haar teleurgesteld. Dit had ze zelf ook kunnen vinden. Hoe nu verder? Het bleef stil. Kom dichterbij, zei ze in zichzelf, haar blik smekend op het bewegingloze scherm gericht.

Maar Isra typte niet meer. Het bleef stil en het was alsof de tijd zelf niet meer stroomde en ze niet op Isra wachtte, maar op iets heel anders, alsof ze wachtte op verlossing. Er was iets dat alles tegenhield. Het is belachelijk, dacht ze, alles is belachelijk. Dat papa zomaar dood is gegaan, dat ik nu chat met zijn vroegere cliënte, het is echt krankzinnig, dat ik nu gewoon met haar praat, alles wat ik aan het doen ben, het is allemaal niet mogelijk.

Terwijl ze naar het schermpje tuurde, merkte ze dat er tranen uit haar ogen rolden, vlug veegde ze ze weg met haar mouw, en riep zichzelf tot de orde. Ze moest Isra terugkrijgen. Ze mocht niet weggaan. Dit gebeurt maar één keer, dacht ze. De internetverbinding is daar zwak, straks is ze weg en wie weet wanneer ze weer online komt.

Opeens kreeg ze een idee en scrolde door Isra's eerdere posts. Eten. De foto's van eten. Natuurlijk. Dat was het. Schalen met kaas, druiven, dikke sneden bleek, kruimelig brood. Een plaatje van een bord vol brownies en American cookies. *'Making brownies with honey. You have to be creative in Shaam.'*

Ze typte onder het plaatje: *'Zt lekker uit.'*

'Hahahah.'

Gelukkig, daar was ze weer. Ze was aan het typen. Sophie strekte haar benen voor zich uit, en opeens durfde ze het te vragen: *'wn jij echt in Shaam?'* Ze typte het snel, zo snel als ze kon, als een pistoolschot, de echo van de knal natrillend in haar hoofd.

'Ja.'

'Wauw.' Nu stuurde ze emoticons van hartjes. Nog een hartje, een hele regen van hartjes. Huiverend kroop ze dichterbij. Alsof alles buiten haar om gebeurde. Nauwelijks ademhalend staarde ze naar de Arabische tekens van de shahada bij Isra's profiel, de cijfers van de islamitische jaartelling bij de status van martelaar van haar man Brahim. Haar bloed begon sneller te suizen. Golven rolden aan en trokken haar met onvoorstelbare kracht mee. Het was allemaal even wonderlijk, even ongelooflijk. Opeens kwam het mooie dat ze in het kalifaat had gezien weer in volle kracht op haar af, ze schrok, en ze zag de foto van Isra nu ook anders. Een schokkerig streepje licht van buiten verlichtte haar ogen, die nu heel dichtbij kwamen. Ze had het verkeerd gezien. Er straalde wel iets uit, Isra's ogen keken haar nu aan alsof ze schitterden door een spleet. Abrupt wendde ze haar eigen ogen ervan af, alsof ze zich had verbrand. Het volgende moment stond haar vader in de hoek van de kamer naar haar te kijken en schudde met

zijn hoofd, Zala stond ernaast met een bittere uitdrukking op haar gezicht. Waar was ze mee bezig? Weer de pling van een berichtje. De rillingen liepen haar over de rug toen ze las: *'Denk je er ook aan? Taking a holiday?'* Dat kende ze. Het betekende: afreizen naar het kalifaat.

'Ik wt nog niet, misschien wel,' antwoordde ze, verbijsterd over haar eigen antwoord.

'Je hebt de shahada gedaan. Wat je hebt gedaan is dapper. Je hebt een mooie, zuivere ziel!'

'Dnk je.' Ze stuurde nogmaals het icoontje van de biddende handen, en begon weer te typen maar stopte, opeens angstig. Wat moest ze nu zeggen? Het werd zo echt. Ze probeerde weer wat, typte, stopte, ging verder, stopte weer. Maak ik iets kapot? vroeg ze zich opeens af.

Maar ze schudde haar hoofd, legde een vinger tegen haar lippen, en boog haar hoofd, nee, ze deed dit juist voor hem, en om de islam te verdedigen, Isra te stoppen, dat was allemaal goed, ze moest nu niet aarzelen. Doorzetten. Dus drukte ze op Send, en verzette zich niet meer. Stuurde een blozende smiley, nog een keer *'dank je'* en toen schreef ze: *'Ik denk er zeker aan, taking a holiday.'*

Isra stuurde een hartje. *'Draag je hijab?'*

'Niet op school. Dat is te moeilijk. Maar ik heb altijd bij me. Kleed me om zodra het kan.'

Duimpje. *'En vertel me meer over jouw. Wat bracht je op Allah's pad?'*

'Een goede vriendin is moslim, ik zie dat zij vrede heeft in haar hart.'

'Weet zij dat je naar Al-Shaam wil komen?'

'Nee. Ik weet het nog niet honderd procent zeker.'

'Je weet, als je bekeerd bent, moet jij je klaarmaken voor je hidjra!' Knipoog.

'Dat is waar. Is het niet gevaarlijk daar??'

'Alles is heel mooi. Het is amazing! We hebben alles! Masha' Allah, you have to believe it, its paradise. Egt, de perfecte wereld bestaat. Geen armoede, maar gelijkheid, je kan het allemaal hebben, je moet alleen een beetje meer struggle verdragen. Maar, je hoofd is leeg hier, je hebt rust, de tijd om Allah te gedenken, te aanbidden, kennis opdoen, proeven van zusterliefde. Het is echt top.'

Ze snoof. Ze moest zich blijven realiseren wie dit was, dat het verkooppraatjes waren.

'Ben je niet bang?'

'Je kan het. Ik help je. En je weet, het is een zonde daar te blijven, als er een khilafah is...'

'Ws het niet eng?'

'Egt, het beste wat ik heb gedaan, in mijn hele leven, is die grens over steken. Dat ga ik nooit vergeten. Big adrenaline rush.' Smiley met hartjes als ogen.

'Is het niet ook moeilijk daar?'

'Yep. Soms. Geen goede make-up, LOL. Maar, serieus: het moeilijkste is, leven zonder moeder.'

'Heb je contact met haar?'

'Nee. Te gevaarlijk.' Smiley met tranen.

Ze wilde net nog wat vragen toen Isra stuurde: *'Sorry, ik moet weg! Ik spreek jou later!'*

'Ok. Tot snel!'

'Vrede zij met jou, Yasmina.'

'Met jou ook.'

Een hele tijd bleef ze nog naar het verduisterde scherm kijken, de stilte suizend om haar heen.

– 11 –

In het halfduister van de namiddag zat ze in de metro en reed de bekende route naar het zuiden van de stad. Haar islamboek lag opengeklapt op schoot, maar ze was niet in staat de tekst in zich op te nemen. In haar oren blies het machtige aanvangsthema uit *Les Preludes* van Franz Liszt, de muziek waar ze altijd naar luisterde als er iets groots stond te gebeuren. Ze drukte haar voorhoofd tegen de ruit. Aan de andere kant van het glas drensde de regen. Haar gezicht verstrakte nu ze zich de gebeurtenissen van de afgelopen nacht weer herinnerde. Het leek allemaal zo ver weg, zo onbegrijpelijk en tegelijk alsof het niet anders had kunnen gaan dan zo. Toch had ze het gevoel dat iemand haar moest uitleggen hoe het allemaal in elkaar paste. Ze wist elk woord, elk teken, elke foto van vannacht nog tot in het kleinste detail, maar ze vatte het niet. Wie was Isra? Natuurlijk, haar vertrouwelijkheid, enthousiasme, dat was allemaal niet echt wie ze was. Ze was een recruiter, zo had haar vader het ook genoemd, een recruiter voor IS. Maar tegenover hem was ze ook niet oprecht geweest. Wie was ze dan wel? Wie was ze echt? En waarom zou haar dat wat kunnen schelen? Ze wilde er helemaal niet meer over nadenken maar pakte toch haar telefoon en opende Facebook. Een post van een paar dagen geleden. '*Candle light dinner with the sisters, coz the electricity went, its all part of the struggle.*' Smileys. '*We are here to dominate you, just like you dominated us!*'

Een tijdje staarde ze naar het bibberende lichtvlekje van haar schermpje. Isra was vandaag nog niet online geweest en ingespannen staarde ze ernaar, alsof ze haar met de kracht van haar blik kon oproepen. Ze schaamde zich ervoor, maar ze had best langer met haar willen praten, terwijl ze ergens juist zo snel mogelijk van haar af wilde. Ik moet nu niks laten horen, dacht ze, even wachten tot ik terug ben van Zala. Maar ze had het nog niet gedacht of ze stuurde alweer een chatbericht: '*Goedemorgen in Shaam. Allahamdullah.*'

De metro was al uit het zicht verdwenen en ze liep vlug, haar hoofd ingetrokken tussen haar schouders, door de natgeregende straten. Op het grote kruispunt achter Zala's huis gleden de auto's traag achter elkaar aan over het asfalt, de wegen glad en zwart van het water.

Doorweekt kwam ze bij Zala aan, hing haar jas en broek over de verwarming, trok een joggingbroek van Zala aan, wreef in de badkamer met een handdoek haar haren en gezicht droog, en even later zaten ze weer tegenover elkaar. De karaf met de thee, al die verschillende, in elkaar overlopende tinten rood waardoor ze werden omhuld. Alles zo vertrouwd. En toch was dit keer alles anders. Ze durfde niet te vragen waar Zala de afgelopen dagen was geweest. En over Isra zou ze haar nooit kunnen vertellen.

Ze keken naar de nieuwste clip van Jamal Mubarez, en Khalil Yousefi, om Kabul te zien, zei Zala, maar toen ze die had opgezet, verroerden ze zich geen van beiden, zeiden geen woord. Nog even praatten ze over het werkstuk maar zonder dat ze het zo hadden afgesproken, wist Sophie dat ze er vandaag niet verder aan zouden werken. Misschien wel nooit meer. Het leek allemaal op een nog onbekend punt af te stevenen. Het kon toch niet allemaal zinloos zijn? Het had vast een betekenis, op de bekeerlingensite stond ook dat God met iedereen een bedoeling had. Misschien gebeurde er iets dat ze nog niet kon doorgronden maar zou dat moment nog komen.

Ze keek weer naar de foto aan de wand en wilde de vraag wie hij was niet langer uitstellen. Iets in haar zei: het is nu of nooit. Ze hoopte dat ze er niet over hoefde te beginnen, dat Zala dit uit zichzelf zou doen. En tot haar verbazing gebeurde dat ook.

'Mijn vader,' zei Zala half binnensmonds, alsof ze zelf verbaasd was over wat ze zei, over de woorden die uit haar mond dwarrelden. Iets in hoe ze het zei, liet een brandend spoor achter in Sophies hoofd. Ze sloeg haar ogen even neer en hoorde weer Zala's gedempte stem.

'Wacht...' Zala duwde zichzelf omhoog, draaide zich om naar de wand, leek te aarzelen maar lichtte toen de foto met een voorzichtig, teder gebaar van het spijkertje, keek er even stil naar en gaf hem aan Sophie.

Ik moet niet bang zijn, zei een stem in haar en ze richtte haar blik op de man in de gloed van de zon in het verre, onbekende landschap. Met grote aandacht keek ze naar hem, zo dichtbij. Het beeld was overbelicht, en het papier wat versleten en gekreukeld. Toch was er ook nu weer iets dat haar erin zoog. De schakeringen en kleuren, als vervaagd door water, een impressionistisch schilderij. De ronde, witte vlek die de bovenkant van zijn schouders gedeeltelijk bedekte, was een lichtvlek, zag ze nu. Daar net boven prijkte een embleem, dat haar niet eerder was opgevallen. Het was blauw en ruitvormig, met een rode rand en een zwaard op de voorgrond. Ik zoek straks op wat het betekent, dacht ze, en tegelijkertijd vroeg ze zich af of ze het wel wilde weten. Ze bleef naar zijn gezicht staren. Zulke fijne trekken en die ogen waar licht uit leek te stromen. Ook Zala verroerde zich niet.

Sophie draaide zich naar haar toe en voelde de vraag als een inwendige schreeuw: 'Is hij dood?' Haar stem klonk onaf. Haar ogen gingen weer langs het embleem, ze zag de blauwe bergkammen in de verte en ineens drong tot haar door dat wat het antwoord ook zou zijn, ze Zala nooit echt zou kennen. Wat weet ik eigenlijk van jou? dacht ze. Wat weet ik van wie dan ook? Ik ken mezelf niet, ik kende papa niet. 'Is hij nog in jullie land?' vroeg die vreemde stem van haar, die opsteeg uit haar keel.

'We weten het niet.' Zala fluisterde het bijna, op een toon alsof ze ergens mee instemde.

Sophie glimlachte en wendde meteen beschaamd haar blik naar de grond, alsof ze ergens op was betrapt. Even later keken de ogen van de man weer recht in die van haar, zochten haar weer op, nu met een ander soort blik. Er zat iets van spot in en ze kon zich er opnieuw niet van losmaken.

'Hij was knap,' zei Zala. Ze lachte bijna.

'Heel knap.'

Ze keken lang naar hem.

'Intelligent ook,' zei Zala toen. 'Hij studeerde in de jaren negentig aan de universiteit in Kabul. Medicijnen. Wil je meer foto's zien?'

Gedachten aan Isra flitsten door haar heen. Als vanzelf reikte ze naar de telefoon die naast haar lag, er was nog geen bericht. Isra in de val lokken, daar moest ze mee verder. Hoe nieuwsgierig ze al die tijd ook naar Zala's vader was geweest, opeens dacht ze: ik wil het niet weten. Nu niet. Het is te veel.

'Ja, natuurlijk,' zei ze, maar dacht: ik wil geen foto's zien. Ik wil niet weten wie hij was. Misschien was hij een schuldige, net als Isra. De gedachte dat ze hier nog een hele tijd met die kennis zou zitten en er steeds meer op haar af zou komen, benauwde haar plotseling zo enorm dat ze geen woord meer kon uitbrengen. Ik moet weg, dacht ze, maar ze bleef aan de grond gekleefd.

Zala liep naar de opgestapelde matjes, pakte haar telefoon en hurkte naast haar neer, begon met vlugge bewegingen te scrollen. Ze zat zo dichtbij dat Sophie haar adem hoorde, en ze bladerde door de foto's. Allemaal van hem als jonge man. 'Zijn afstuderen.' 'Hier kreeg hij een prijs.' 'Een militaire parade.' 'Hier hield hij een lezing.' Zala praatte met een voorzichtige stem en de foto's waren heel anders dan die aan de wand. Ze baadden in licht dat overal een boterachtige gloed overheen wierp.

Steeds scheen de zon en Sophie kon zijn gezicht nu heel goed zien. Een langgerekt gelaat en een grote mond met heel witte, rechte, tanden, net als Zala. Ze kon niet langer om de vraag heen: 'Wat is er gebeurd?'

'Al Qaida,' zei Zala, op fluistertoon. Het klonk alsof ze nog iets wilde zeggen, maar er kwam niks meer en ze keek langs haar heen. 'Ooit zou hij de beste chirurg van Kabul gaan worden. Na de oorlog. Na de razzia's.' Ze praatte haperend en viel weer stil.

Sophie kreeg het warm en koud tegelijk. Wat bedoelde ze? Had hij voor Al Qaida gevochten of was hij juist door ze verwond, of gedood? Gevangengenomen? Waar was hij nu? *Dont cry if your husband ends up shaheed. Be proud! He is laughing in Djenna.* De zinnen ronkten door haar heen, haar hoofd vol woorden met raspende klanken, haast ondraaglijk. Ze wilde er niet aan denken, niet aan Al Qaida, niet aan de Talib, of al-Shaam, en haar blik vluchtte het raam uit. Daar schoven de wolken snel voorbij en verduisterden de hemel. In de stilte leek de regen met een ongekende kracht op de wereld neer te slaan. Ze probeerde haar gedachten te ordenen, maar ze kreeg er geen greep op. Ze wilde iets zeggen dat troostend was, voor haarzelf, voor Zala, iets waar ze wat aan hadden. Maar alles dat ze kon bedenken, waren afgezaagde Arabische gezegdes, die ze kende van de jihadi's van haar vader. Van de bekeerlingensite. Ze dacht aan vannacht. Yasmina. Taking a holiday. Haar gloeiende bloed. Misselijkheid steeg in haar op.

Zala zat stil met haar eigen gedachten, diep weggedoken in haar kussen, voor zich uit te kijken. Ze liet het hangertje tussen haar vingers heen en weer glijden.

Sophies telefoon begon te trillen naast haar. Isra. Ze drukte haar weg, deed de telefoon in haar zak en uit de storm aan gedachten in haar hoofd maakte zich er nu eentje los. Ik ga weg. Ik moet Isra spreken. Dat is nu het allerbelangrijkste. Ik zeg wel dat ik mijn tante moet helpen, of een concert ben vergeten.

Alsof Zala haar gedachten kon lezen, vroeg ze ineens: 'Ga je al weg?' Haar stem klonk nog steeds anders dan normaal.

'Nee, nee,' zei Sophie krachteloos en herstelde zich. 'Natuurlijk niet.' Ze kon nog niet weg, niet zomaar, niet zo snel. Weer dacht ze aan Zala's vader, haar eigen vader. Aan de recitaties, de shahada. In haar verbeelding schalden vanuit de verte de klanken van de muezzin, die ze deze vakantie met hem in Marokko in het echt zou gaan horen. Die hen elke morgen zou wekken.

In alle vroegte zou de eerste oproep tot gebed samen met de zon boven de daken van Marrakech klimmen, en hun langgerekte tonen en stralen over de stad uitstorten. Ze concentreerde zich nu op de eerste paar uitroepen die ze na kon bootsen. '*Allahoe akbar, Allahoe akbar, Allahoe akbar, Allahoe akbar, ash'hadu an la ilaha illa-llah...*' Een andere gedachte verdrong de vorige. 'Za?' zei ze.

'Ja?'

'Wie komt er eigenlijk in de hemel?'

'Hè? Hoe bedoel je?'

'Nou, kom je alleen in de hemel als je goede daden doet? Of ook als je het goede wilt doen, maar dat het anders gaat dan je wilt? Kom je dan ook in de hemel?'

Zala haalde haar schouders op, zei niks, maar keek haar aan met een gespannen blik.

Even hield Sophie haar adem in. Na een tijdje hoorde ze haar zeggen, met een vreemde, beknelde stem: 'Je moet daar niet aan denken.'

'Wat?'

'Aan de hemel...'

'Waarom niet?' Ze begreep niks van deze middag. Het ging alle kanten op. Nu gebeurde er weer iets dat ze niet snapte en ook niet wilde weten. 'Mijn vader,' begon Zala weer, en zei het zo zacht dat ze net zo goed niks had kunnen zeggen. Nu was zij degene die haar blik afgewend hield.

'Wat?'

Zala had haar handen over elkaar gelegd en keek

naar haar schoot. De wolken hadden plaatsgemaakt voor de dikker wordende mist en het was nu bijna helemaal donker in de kamer.

Sophie dwong zichzelf een slokje van haar thee te drinken; daarna liet ze het nog volle kopje onaangeroerd staan.

'Ik weet niet of hij daar is.'

Niet bang zijn, zei Sophie weer, maar de woorden verlieten haar mond niet. Ze dacht: we moeten elkaar niks meer vertellen. Het verlangen om weg te gaan, werd ondraaglijk. Ik moet het nu zeggen. Ik ga naar huis. Ik wil het niet weten. Ze wreef een paar keer heftig over haar gezicht, veegde haar haren van haar voorhoofd. In haar zak trilde haar telefoon weer. Isra, dacht ze, Isra die misschien wel de martelaarsdood ging sterven. Shaheed werd. Die naar de eerste rang van Jannah, het paradijs, ging, naar de Firdaws, als groene vogel. Isra die een geweer leegschoot in een uitgestrekte en gelijkmatig blauwe lucht, die brownies bakte in de heilige Levant. En papa dan? En papa? Waar was hij? In de Firdaws? Nee, natuurlijk niet. Ze snoof. De hemel bestond niet, dat wist zij ook wel. Maar als er een hemel was, was die niet voor mensen die terroristen laten ontsnappen. En de vader van Zala, waar was hij? In de stilte zoemde de telefoon weer. Ze negeerde het, en keek naar de foto, naar Zala's vader, die ergens moest zijn achtergebleven, maar die hier gestold in de tijd zijn blik op haar gericht hield.

Toen hoorde ze Zala zeggen: 'Niemand weet wat we

nu moeten doen.' Ze zag dat Zala's ogen ook anders waren dan normaal. Om het donkere van haar irissen was de huid roze en vochtig. 'Het is allemaal zo anders dan ze denken,' zei ze, 'hij is...' maar ze maakte haar zin niet af, zweeg. Toen vervolgde ze nog zachter: 'Ik ben bang.'

'Bang voor wat?'

'Bang voor...' Ze viel opnieuw even stil en zei toen, zo zacht dat Sophie niet wist of ze het helemaal goed verstond: 'Ik ben bang voor de mannen van het oordeel. Die het niet begrijpen. Die niet luisteren. Ons nu echt weg willen sturen. Maar waarom? Mijn vader had niets te maken met Talib. Hij was met de communisten, vroeger, en hij had ook niet gewild dat sommige dingen gebeurden, ze snappen het niet.'

Sophie knikte, al begreep ze nu helemaal niet meer wat Zala bedoelde, en omdat ze niet wist wat ze moest zeggen, zei ze alleen 'ja', en liet weer een stilte vallen. Ik kan je niet helpen, dacht ze paniekerig, ik kan niet naar je luisteren, ik moet weg. Het spijt me zo. Ze maakte aanstalten om op te staan, en vroeg: 'Hoe laat is het? Ik moet zo weg. Mijn telefoon is leeg. Wil je even kijken hoe laat het is?'

'Maar je hebt nog heel veel tijd.'

'Wil je even kijken, alsjeblieft?' Nee, dacht ze, nee, ik heb geen tijd. Ik moet weg. Ik kan hier niet blijven. Ik kan dit niet. Het is te veel. Straks, als Isra is opgepakt, en wordt gestraft, zei ze in gedachten tegen haar, dan kun je me alles vertellen. Nu niet. Nu moet ik weg.

Maar ik kom terug. Ik zal altijd terugkomen naar jou. Ze wilde dat allemaal zeggen, maar ze sprak niks ervan uit.

Zala stond op en keek op haar telefoon. 'Halfvijf,' zei ze toen ze zich omdraaide.

'Dan moet ik naar huis.'

'Naar huis?'

'Ja, anders kom ik te laat, ik moet nog van alles doen. Voor de proefwerkweek en zo.'

'Hè? Je hebt toch de hele vakantie nog?'

'Toch moet ik naar huis.'

Zala stond voor haar, vouwde haar handen open, de handpalmen naar boven toe gedraaid. 'Blijf nou. Neem nog wat thee.'

'Nee, ik ben al laat.' Sophie begon haar gympen aan te trekken. Terwijl ze haar jas dichtknoopte, haar boeken bij elkaar zocht en in haar rugzak stopte, stond Zala erbij zonder een woord te zeggen. De tranen drongen achter Sophies ogen, ze kon Zala niet aankijken. In gedachten praatte ze door: 'Ik kom volgende week terug. Dan is alles anders. Dan zijn jullie terug uit Duitsland. Dan weet ik waar Isra zit. De politie weet het. Dan kom ik.' Maar ze geloofde het zelf niet. Er was iets aan de hand, iets veel groters, het ging allemaal de verkeerde kant op. Ze keek naar Zala's kettinkje, het bungelde een beetje gedraaid in haar hals; het hangertje lag stil in het kuiltje onder haar rechtersleutelbeen. Sophies keel zat in een klem en woorden dromden in haar hoofd. Je komt toch wel terug? wilde ze haar vragen.

Maar ze sprak het weer niet uit, ritste haar jas dicht tot aan haar kin, zette haar capuchon op, wikkelde haar sjaal zo vaak als ze kon om haar hals en verborg haar gezicht.

'Waarom ga je nou?'

'Ik moet naar huis, dat zei ik toch net?'

'Maar waarom?'

'Ik moet gewoon gaan. Tot volgende week. Bedankt voor de thee.' Dit had ze nog nooit gezegd.

'Wacht nou even.'

'Nee.' Je bent goed, wilde ze zeggen. Je bent het beste dat er ooit is gebeurd in mijn leven. Ga alsjeblieft niet weg. De woorden lagen als een schep droge aarde in haar keel. Ze schoof haar rechtervoet naar voren, stapte de trede af, stond even stil, draaide zich nog een laatste keer om, en net toen ze wilde weglopen, riep Zala haar.

'Sophie?' zei ze, 'Sophiedjan?'

'Ja?'

Sophie keek haar aan. Zala leek opeens zo klein in de verlichte deuropening

'Niks,' zei Zala. 'Niks. Fijne vakantie.'

III

– 12 –

Midden in de nacht schrok ze wakker, zat met een schok rechtop in bed. Hoorde ze wat? Nee, niets. Alleen het verre, onregelmatige ruisen van het verkeer. Maar er was iets. Ze richtte haar blik op het plafond en wist het: Zala was vertrokken, naar Duitsland. Ze was nu drie dagen weg. En al drie dagen niet online. Ze richtte zich op en greep haar telefoon van het nachtkastje, de groene cijfers op het schermpje gaven 6:03 aan. Ze liet zich terugrollen naar het midden van de matras, haar ogen op het scherm gericht. Ademde in, ademde uit. Het sprong naar vier over zes. Vijf over zes. Ik wacht tot het negen over is. Dan mag ik eruit. Om zeven over zes liet ze zich uit bed glijden, liep naar het raam en schoof de gordijnen wat verder van elkaar. Vanaf de vensterbank tuurde ze de hevige, dichte regenstroom in. De droom kwam niet meer. Dat was zeker. Hij zou nooit meer komen. Het regent uit een hemel die ik nooit zal kennen, dacht ze. De hemel van waaruit God naar mij toe had moeten komen via een kier in de gordijnen. Ze snoof. Het was allemaal niet meer dan een dom sprookje, iets als een kinderlijke fantasie waarin God een gat prikte in de nacht en er dan een helder licht via de vensterbank de slaapkamer in stroomde. Recht naar waar zij nu zat. Met haar laptop in haar handen staarde ze in het kosmisch duister. Om haar heen waren de angst, de stilte. Boven haar, op de vide, stond de kist met de islamitische kleren, met het zware, stroeve deksel. In haar hoofd klonken de nachtkreten van de soldaten, en de kruitgeur uit hun uniformen kringelde haar neusgaten in.

Het was stil op het scherm. Ze bewoog de cursor en Isra's Facebookpagina verscheen. Er stond een nieuwe tekst boven, bij een foto van een onherkenbare vrouw in vol, zwart en ruisend ornaat. '*Give my mommy my love. Give her the last of the happiness what I have left in me.*' Een smiley met tranen. Met een kaarsrechte rug stond Isra in een steeg vol schaduwen, haar gezicht verborgen door de burqa, haar net niet afgedekte ogen gericht op de camera. De doelgerichtheid van de foto sloeg op haar over. Ze wilde wat aan Isra typen maar dacht op hetzelfde moment aan Zala's gezicht, haar ogen, de belofte die ze haar had gedaan. Ze zonk in elkaar, krulde zich op in bed, angst die in haar bloed klopte, en knipte het licht uit. Haar kleren op de stoel kregen opeens een griezelig, veelvormig silhouet, en werden soldaten die zich oprichtten, met hun laarzen stampten, hun kapmessen over hun schouder zwaaiden, zich klaarmaakten voor de onthoofding van een afvallige, 'Allahoe akbar' jankend. Ze kermde, draaide zich ervan weg.

Ze dwong zichzelf opnieuw al Isra's posts te lezen. De verhalen in kapitalen over het onrecht dat moslims wereldwijd werd aangedaan. Bosnië, Afghanistan, Palestina. *'You think the West cares about us? HAHAHA, you are a joke by Allah.'* De wonderen die zich voltrokken in het kalifaat.

Haar maag trok zich samen. 'Denk maar niet dat je eronderuit komt, ik kom er nog wel achter waar je zit,' fluisterde ze, 'en wat je van plan bent. Je wilt het niet zeggen, maar ik ontdek het. Wacht maar, ik ben zoveel slimmer dan jij.' Ze was nu zo kwaad, het voelde alsof alles Isra's schuld was, alsof zij er ook schuldig aan was dat ze Zala niet kon bereiken.

Ze begon te typen. *'Vrede zij met jou, Isra, sister.'* Even dacht ze na, kauwde peinzend op de binnenkant van haar wang, tikte met haar wijsvinger op haar knie. Tik, tik, tik. *'Ik wil zeggen dat ik in shaa Allah een weg heb gevonden. Dat ik binnenkort on holiday kan.'* Ze staarde naar haar eigen woorden. Las ze over, en wachtte. Nu moet ik geduld hebben. De pagina op Isra's scherm leek statisch. Een hele tijd staarde ze ernaar, bracht zichzelf haast onder hypnose.

Toen verscheen ze. *'Vrede zij met jou, Yasmina. Bismillah, grt news!'* Het klonk minder enthousiast dan Sophie had gedacht. Maar dat kwam nog wel. Isra ging nu vast alles prijsgeven dat belangrijk was, zo naïef was ze wel. Het was een kwestie van de juiste woorden gebruiken. Sophie begon weer te typen: *'Ik zeg eerlijk, ik heb behoefte om te trouwen.'*

'Met een strijder?'

'Ja. Ik trouw graag met een broeder in Sha'am. Jij kan me helpen toch?'

'Het is niet moeilijk.'

'Hoe dan?'

'Ik kan voor jou vragen.'

'Echt?'

'Ik ga helpen. Er zijn hier veel broeders die willen trouwen.' Smiley.

'Ok!' Smiley.

'Heb je scrilla?' Ze wist wat dat was, geld.

'Hoeveel heb ik nodig?'

'Ik moet nog weten precies. Ong 1000 denk ik.'

'Ik hoop ni duurder.'

'Misschien kan ik het regelen. Als je samen reist met andere zuster vanuit NL, is het ni duur. Ik weet iemand.'

'In shaa Allah.'

'Alhamdulillah.'

Sophie lachte inwendig. Nu moest ze het nog slimmer aanpakken. Ontdekken waar ze precies zat. Ze tikte: *'Heb je foto's van strijders uit je streek? Met wie ik kan trouwen?'* Smiley.

'Haha. Ja maar niet hier in mijn telefoon, je moet gewoon ff beetje geduld hebben.' Smiley.

'Is goed. En waar gaat mijn reis dan heen?'

'Wt bedoel je?'

'In shaam, waar ga ik heen in Shaam? Ik kom toch wel bij jou? Waar zit jij?'

'Vanaf de Turkse grens naar andere kant.'

'Waar precies?'

'Kan ik niet zeggen.'

'Maar ik wilde vragen, kan je ajb kijken dat ik een broeder vind die dicht bij jou is?'

Een blozende smiley. *'Het zou fijn zijn nog meer zusters hier uit NL. Het leven hier geeft veel tests. De grootste is het moeten leven zonder familie, zonder je moeder.'* Het bleef even stil. Toen begon Isra weer te typen. *'Het is soms een struggle. Ik bid Allah voor sabr.'* Weer een smiley met tranen.

Sabr betekende geduld, wist Sophie, standvastigheid. Ze stond op en draaide zich om, alsof iets haar op de hielen zat, vlak achter haar rug. Ze tikte: *'Ik bid voor jou.'*

'Dank je. Ik hoop dat je ook hier komt, bij ons.' Hartjes.

'Ik ook. Maar waar dan?' Smiley.

'Ik mag ht niet zeggen eigenlijk. Ik moet voorzichtig zijn.'

'Geen probleem.'

Weer bleef het even stil, toen typte ze: *'Ik zit vlakbij Idlib.'*

'Dat is heel mooi daar!'

'Ja. Ik moet gaan. Ben je later nog online?'

'Ja straks!'

'Tot straks!'

Ze liet zich tevreden op bed vallen. Nu volhouden. Over een paar uur was Isra weer online, dan ontfutselde ze haar uitspraken over de jihad. Ze wist nog steeds niet wat ze precies kon doen, maar als ze naar het kantoor van haar vader belde, wisten zij vast wel raad. Ze stond op, liep naar de spiegel en bekeek haar eigen gezicht. Opeens wilde ze zichzelf als moslim zien. Kleed je om, fluisterde ze gebiedend tegen zichzelf, kleed je om, doe de niqaab aan, die mooie, de roze, met de glittertjes, en kijk naar jezelf. Hoe je dan bent. Misschien is het allemaal nog niet te laat. Even trok het bloed uit haar hoofd weg. Daarna liep ze naar de vide. Daar, boven aan het trappetje, leek het een soort monnikscel, doodstil. De stilte in huis steeg altijd op, leek het wel, en bleef daar hangen. Het was hier nog stiller dan beneden.

Vlug pakte ze de kleren uit de kist, en weer beneden in haar kamer deed ze haar oortjes in. Mozarts Negende. Met de ernstig klinkende muziek die haar oren in stroomde, kleedde ze zich uit. Trok staand voor de spiegel de roze niqaab aan, zocht een bijpassende hoofddoek uit, en met plechtige, langzame gebaren wikkelde ze de stof om haar gezicht. Zette die vast met speldjes. Met ingehouden adem liep ze heen en weer door de kamer. Als vanzelf begon ze weer de eerste woorden van de shahada te fluisteren. '*Esh-hedoe ellaa ilaha illa Allah, wa esh-hedoe ennaa Mohammedan rasoel Allah.*'

Plotseling stond ze stil. Dat mag je niet hardop zeggen. Niet als je nog geen moslim bent. Ze perste haar lippen op elkaar en in haar gesloten mond duwde ze het puntje van haar tong tussen haar voortanden en begon er zachtjes in te bijten tot kleine pijnscheutjes door haar heen trokken. Even stond ze zo, doodstil, in het midden van de kamer. Ze draaide zich langzaam om op de bal van haar voet, om haar eigen spiegelbeeld te zien in het glas van haar vaders vitrinekast. In het bovenste gedeelte zag ze zichzelf als een vage weerschijning. In de kleinere ruitjes daaronder werd ze opgesneden in vakjes door een maatwerk van latjes. Tralies. Elk vierkantje een andere glans. Ze bleef nog even staan, heel langzaam heen en weer wiegend op haar voet. Nog een paar uur, dan is het maandagochtend, als ik dan alles weet, bel ik papa's kantoor.

– 13 –

Tegen de tijd dat de zon op was, was haar gevoel van overwinning uitgedoofd. Isra had niks meer laten horen en ze zat maar te staren naar het stille Whatsappprofiel van Zala. Onafgebroken piekerde ze over wat ze moest doen. Meer berichten sturen naar Zala had geen zin. Bellen zou vreemd zijn. Maar, dacht ze daarna, waarom eigenlijk, ze hoefde haar toch niet te spreken? Als Zala opnam, kon ze gewoon zeggen dat het bellen per ongeluk ging. Ze wilde alleen maar weten dat Zala oké was. Meer niet. Dus belde ze. En nog eens. Nog een keer. Steeds kreeg ze de in-gesprektoon.

Ze kauwde op de achterkant van haar ballpoint en vroeg zich weer af wat ze met Isra aan moest. Alles leek nu anders dan vannacht. Waar was ze nou eigenlijk mee bezig? De politie of de geheime dienst zou haar nooit zomaar kunnen oppakken, ze zat veel te ver weg, midden in een oorlog. En waarom zouden ze haar, een meisje uit 5 vwo, überhaupt geloven? Waar was ze eigenlijk op uit? Alle gedachten maakten haar opnieuw onrustig. Ze liep haar kamer in en uit, zwierf door het huis, zonder een oplossing te vinden voor alle problemen. Het is een kwestie van leven en dood, dacht ze steeds maar. Wie wordt er getroffen straks? En waar is Zala? Is ze echt in gesprek, of bestaat het nummer niet meer? Waar zijn ze heen? Zijn ze in Duitsland? Zijn ze gevlucht? En wie zegt dat ze niet zijn opgepakt, vanwege haar vader, en ergens in een cel zitten? Weer pakte ze haar telefoon, opende Whatsapp, ging naar Zala's account. Nog steeds doodse stilte. Ze belde opnieuw, liet hem overgaan tot de laatste toon, geen verbinding.

Moest ze naar haar huis toe gaan? Ze kneep haar handen tot strakke vuisten en keek radeloos om zich heen, alsof het antwoord zich ergens in de hoeken van de kamer verschool. Behalve het geluid van de regen die met doffe, regelmatige tikken steeds sneller tegen het glas sloeg, en de hoge schaduwen van de heen en weer zwaaiende bomen buiten, was er niets. Ze keek glazig naar de langsrazende auto's in de verte, dichterbij was de tuin verlaten. De wind kermde.

Plotseling kwamen de beelden van de oorlog weer naar boven. Ze zag kapotgeschoten steden en strompelende soldaten. Ontploffingen, een vliegtuig met stukgeschoten staart, dat brandend in een woestijnhemel naar beneden stortte. Ze dacht aan wat haar vader had gezegd over de kinderen uit het kalifaat. Ze raken verwikkeld in een oorlog waar ze niks mee te maken hebben, zei hij. Daar gaan ze dood of ze komen terug met een levenslang trauma. Ze kreeg een vreselijk gevoel. Het gevoel dat zij nu, onmiddellijk, iets moest doen.

Dat alles, hoe onwerkelijk ook, nu op haar neerkwam. Dat ze niet alleen de wereld moest behoeden voor een terroristische aanslag, maar dat ze ook Zala moest vinden, en zelfs Isra op de een of andere manier moest helpen. Dat Isra daar weg moest. Dat had haar vader gewild, dat voelde ze opeens heel sterk. Misschien was zij wel de enige die haar nog kon redden. Maar hoe dan?

Ze ging naar de badkamer, stak haar armen onder de kraan en liet het water over haar polsen stromen. Het bloed in haar aderen stak en jeukte. Het was om gek van te worden. Ik moet rustig worden, dacht ze, nadenken. Staand voor de spiegel masseerde ze haar slapen, en sloeg het bloed terug in haar wangen. Een andere gedachte drong zich op: Ik wacht tot je online bent, Isra, dan bel ik je, ik kom erachter wat je van plan bent, breng je op andere gedachten. Om terug te komen. Zou dat nog kunnen? Misschien wel. Ze ging weer naar haar kamer. Aan de toppen van de bomen zag ze dat het harder was gaan waaien. Het was donker in de tuin, afgezien van het licht van het raam van de buren, een geel vierkant in het niets. Met een ruk trok ze de gordijnen dicht, draaide zich om en liep terug naar de badkamer. Opende de kraan en hield nu ook haar voorhoofd onder de straal. Het hielp niet. Met haar mouw veegde ze haar gezicht af. Voor de spiegel duwde ze de plukken van haar nat geworden pony die voor haar ogen hingen, terug onder haar hoofddoek. Ze keek naar haar eigen gezicht, dat er opeens belachelijk uitzag, rukte de hoofddoek af, en smeet die op de grond, schopte ertegen.

Terug in haar kamer liet ze zich op bed vallen, haar vingers tegen haar gesloten oogleden gedrukt. Heb ik het verkeerd aangepakt, had ik toch die cursus moeten doen? Had ik dat gekund, me zo bekeren? Misschien had ik het gekund, en op die manier heel kunnen worden. Maar nu is het te laat, ik had het moeten doen toen Zala er nog was. Nu is alles anders. Als ze terugkomt, weet ik niet of ik het nog kan. Ze dacht aan wat Isra tegen haar vader had gezegd. 'Ik heb grapjes gemaakt met God.' Is dat wat zij ook had gedaan, grapjes gemaakt, God belachelijk gemaakt? Doordat ze had gedaan alsof ze Yasmina was? Had ze daarmee Zala belachelijk gemaakt? Haar vader? Ze kromp ineen. Isra, dacht ze, Isra had zich zo schuldig gevoeld dat ze vertrok naar het Heilige Land, naar de heilige strijd, om haar ziel te zuiveren.

Maar waar kon zíj heen? Hoe moest zíj zich reinigen? Kon ze iets goedmaken met een God op wie ze wachtte, maar van wie ze niet eens wist of hij wel bestond? Iets in haar dat ze niet onder controle had, werd weer kwaad. Omdat het opnieuw, nu op een andere manier, voelde alsof zij degene was die alles goed moest maken, alsof alles haar schuld was.

Ze pakte haar islamboek, bladerde erdoorheen, zocht lukraak naar een tekst, een paar regels, iets troostrijks, maar alles was nu verwarrend, ze begreep niet wat er stond, en kwaad klapte ze het boek dicht.

Een paar seconden later sloeg ze het weer willekeurig ergens open en begon te lezen. *'Zij zijn degenen die zeggen: "Geef geen bijdrage aan degenen die met de Boodschapper van Allah zijn, zodat zij weglopen van de Profeet. Aan Allah behoren de schatten van de hemelen en de aarde, maar de hypocrieten begrijpen het niet."'*

Ook nu had ze geen idee wat ermee werd bedoeld, maar ze huilde erom, met rare, verstikte snikken. Het spijt me, ging het door haar heen. Za, het spijt me, papa, het spijt me. Alles spijt me.

'Za, ik kom eraan,' fluisterde ze toen, tegen het donker om haar heen. 'Ik moet weten of je echt weg bent.'

– 14 –

Ze had haar spullen ingepakt, haar rugzak stond klaar, maar weer sloeg de twijfel toe. Moet ik wel gaan? Ze keek naar buiten. Aan de andere kant van het glas hing een loodgrijze, ondoordringbare hemel. Toch was er weer een dag begonnen, en in Syrië scheen vast de zon. Met haar rug naar de spiegel kleedde ze zich om in haar gewone kleren, en besloot niet langer bang te zijn.

Beneden zat haar tante met haar viool onder de lamp, haar gezicht scherp afgetekend in het licht boven haar hoofd. Sophie glipte met een smoes de deur uit, trok haar capuchon op en begon gejaagd te lopen. Kijk, daar waren al de lichtjes van de metrohalte. In sommige woonkamers zag ze het nerveuze geflakker van lampen die aan- of uitgingen, de schimmen van gestalten. Ik ben niet alleen. Met toegeknepen keel dacht ze aan het kettinkje van Zala dat voortdurend zachtjes in haar hals heen en weer had gezwaaid, terwijl ze meezong met de muziek en opgewonden praatte over Mekka, en aan hoe ze het hangertje in haar mond had genomen wanneer ze nadacht.

Het was bijna acht uur toen ze aankwam bij de halte. Met strakke lippen keek ze op het winderige parkeerterrein uit, terwijl mensen zich door de motregen naar bussen en auto's haastten. Ze wachtte in haar eentje op de metro die haar de rivier over zou brengen. De eerste liet ze voorbijgaan, en nog eentje, bedacht ze toen, haar dijen verstijfd van de kou. Ik neem de derde, alsof dat haar zo was opgedragen. Pas vlak voor deze metro zou vertrekken, stapte ze in.

Hij schoot de tunnelmond uit, en reed over bekend terrein, maar alles zag er anders uit. De haven verscheen, met de vervallen loodsen te midden van nog werkeloze kranen, de nekken geknakt, droefgeestig naar de grond gebogen. Ze bracht haar gezicht zo dicht tegen de ruit dat er een mistkring ontstond, die zich met elke ademtocht uitbreidde en haar langzaam deed verdwijnen. Toen was haar gestalte in het raam niet meer dan een wazige vlek. Ze keek om zich heen als om te toetsen of ze nog bestond. Verspreid door de coupé zat een handjevol mensen. Nietszeggende gezichten, als verlaten huizen waar niemand meer woonde. Niemand zag haar.

Haar beklemde hart tegen haar ribbenkast. Het is allemaal je eigen schuld. Je had hier kunnen zitten in je niqaab, met je hoofddoek. Als bekeerling, als moslim, opgenomen in een geheel. Maar je kon het niet. Misschien, gingen haar gedachten verder, ben je het simpelweg niet waard om aanvaard te worden, wil God jou niet. Ze snoof. In gedachten zag ze voor zich hoe ze net van huis was weggegaan, en hoe het ook had kunnen gaan.

Gespannen stond ze bij de deur in haar spijkerbroek, trainingsjasje, gympen. In haar rugzak haar opgerolde niqaab, de hijaab, schuifspeldjes. Alsof ze echt op weg was naar de shahada. Dan moest er eerst nog wat gebeuren, ze moest nog iets zeggen tegen haar tante wat van belang was. Want dit was de dag waarop alles ging veranderen.

Haar tante zat, zoals altijd, aan tafel tussen haar violen en ze keek op, afwezig, vanonder de hoog in haar haren geschoven leesbril, haar hand op haar kin.

'Ik ga boeken halen voor het werkstuk,' zei Sophie, 'bij de grote bieb in de stad. Ik wil er zijn als hij opengaat.'

'Zo vroeg?' Haar stoel kraakte toen ze zich even naar voren boog, maar verder reageerde ze nauwelijks. Knikte alleen, en zei zoals altijd dat ze niet te hard moest werken, dat ze een lunch mee moest nemen, er stond nog wel wat rijst in de koelkast.

'Oké,' zei Sophie, 'dan ga ik nu.' Maar ze stond daar maar, als aan de grond genageld, en het lukte niet om weg te komen. Alsof dit echt de laatste keer was dat ze hier was voordat ze was bekeerd. Ze bleef maar dralen en hoopvol naar tante Luci kijken. Hoe graag ze ook altijd wilde dat die haar met rust liet, nu gloeide er een verlangen dat ze plotseling alles van haar wist, alles aan haar kon zien. Dat ze eens echt naar haar zou luisteren, zonder bang te zijn voor wat ze hoorde. Dat ze desnoods kwaad werd. Haar wilde stoppen.

Hoe zou het zijn gegaan als ze haar niqaab aan had gedaan, de stof zwaar om haar lichaam, haar hoofddoek, juist lichtjes over haar naar achter gekamde haren gedrapeerd? Sophie stelde het zich voor: hoe Luci haar ontsteld aankeek, met opengesperde neusgaten op haar afkwam: 'Sophie, doe niet zo belachelijk. Trek die moslimkleren uit.'

'Waarom?'

'Dit ben jij niet, hou daarmee op.'

'Wel. Ik ben zo wel. Dit ben ik!'

'Stel je niet zo aan. Alsjeblieft, zeg. Zo ga je niet over straat.'

'Ik doe wat ik wil, ik ga naar de moskee.'

'Dan kleed je je daar maar om, je gaat niet zo naar de metro. Je gaat te ver, je vader zou dit ook niet hebben gewild.'

'Laat papa erbuiten!' schreeuwde ze en stormde de deur uit.

Maar zo was het allemaal niet gegaan. 'Dan ga ik nu maar,' had ze zachtjes gezegd. En maakte nog steeds geen aanstalten. Ze ging pas toen haar tante weer even opkeek, en met een glimlach zei: 'Dag lieverd, pas je op? Tot vanavond.'

'Ik pas op.'

– 15 –

Ze stapte uit bij haar vaste halte en begaf zich meteen in de richting van Zala's huis. Het was nog steeds niet later dan halfnegen. Ze liep met snelle, gelijkmatige passen door de natgeregende straten. Het begon ook wat halfslachtig te hagelen, de glazige ijskogeltjes braken onder haar gympen. De waterige kou sijpelde omhoog en drong door haar schoenzolen haar lichaam in.

Ze liep de winkelstraat door en daar, wat verder de bocht om, boven de slagerij, was het huis van Zala. Ze vertraagde haar pas en hield stil, midden in de ijzige regen die in haar haren, over haar gezicht, in de kraag van haar jas viel, en ze keek naar de ramen op de bovenverdieping. Nog maar een paar dagen geleden zat ze daar, tegen de kussens aan geleund, nog geen twee weken geleden werkte ze samen met Zala aan hun werkstuk, zo dicht bij haar dat ze het allerkleinste adertje in haar hals had zien kloppen. Ze hadden zo gelachen, en Sophie had gedacht dat ze elkaar begrepen. Dat ze ergens dichterbij kwam. Het was allemaal een eeuwigheid geleden. Alsof ze zich alles had verbeeld.

Er was niks dat erop wees dat ze er niet meer zouden zijn, zelfs de provisorische gordijnen hingen er nog. Beneden was de winkel van de islamitische slager met het Arabische uithangbord over halal vlees met de tekens die ze zo mooi had gevonden. Ooit, toen ze hier voor het eerst kwam. Nu waren het niet meer dan vreemde, nietszeggende letters tegen een deprimerende achtergrond.

Ze haastte zich de portiek in. Beklom de trappen, haar hart sloeg steeds sneller, alsof ze ergens voor op de vlucht was. Ze klopte op de deur, die een van de broertjes open moest hebben laten staan, wachtte. Riep. Alles bleef stil. Zala, dacht ze wanhopig, Harf e Dil, ik roep je vanuit mijn hart. Ze stond op de drempel en trok haar kraag op om zich schrap te zetten. Duwde de deur open, en achter zich dicht, liep de gang in, waar het verontrustend stil was, geen kindergejoel, ruziënde stemmen of radioflarden. Met gebalde vuisten stond ze even stil, luisterend naar het niets, en liep toen door. Bij de derde deur, die van de woonkamer, klopte ze aan, zoals ze Zala weleens had zien doen, en ging naar binnen. De kamer wierp een sluier van warmte over haar heen, vermengd met de scherpe bedomptheid van verschraald eten. Ook hier alles doodstil. De lamp aan het plafond brandde nog en het zwakke licht spoelde over de verlaten bank, een halfvolle zak zonnebloempitten op de zitting.

In haar verbeelding zat Zala's oom ervoor, stijf rechtop, op een van de kussens, zijn rug tegen de muur geleund. Met een plaid over zijn knieën bij de radiator, op precies dezelfde plaats waar hij de laatste keer had gezeten, liet hij een snoer met bidkralen door zijn vingers glijden, terwijl hij met zijn smalle, donkere ogen, zonder een spoor van verbazing Sophie daar plotseling te zien, naar haar opkeek. Ze zag de trekken rond zijn mond, zijn kin, zijn wangen, met dezelfde ernstige en droevige uitdrukking op zijn gezicht als de eerste keer dat ze hem hier had zien zitten.

Ze kneep haar ogen toe, keek dieper de kamer in. Het was er schemerig, de sluiers die dienstdeden als gordijnen voor de ramen, waren op een smalle spleet na dichtgetrokken, en net boven het tapijt en de kussens dansten minuscule stofjes in het lamplicht, dat in een onverstoorbaar rechte baan vanonder de kap over de vloer scheen. Ze stond roerloos, gegrepen door de verstikkende warmte die in de kamer hing. De verwarming was flink opgestookt en ze hadden hem niet meer laag gedraaid. Ze moesten plotseling zijn vertrokken. Het bloed steeg naar haar slapen en begon in haar oren te kloppen. Zala, klopte het, lieve Zala.

Ze deed nog een stap de kamer in, en voelde hoe haar enkels haast onmerkbaar trilden. Daar, op een van de kussens, stak hun werkstuk uit een schrift. Het schrift herkende ze, daar hadden ze samen Arabisch in geoefend. Ze probeerde de titel op het voorblad op zijn kop te lezen, maar het waren letters in een taal die ze niet kende. Dari, of Pasjtoe. Ze wilde weglopen maar maakte het toch open. Er zat behalve een print van het werkstuk een groot gelinieerd los vel in, maar enkele lijnen beschreven met het smalle handschrift van Zala. Het leek een dua, een smeekbede, die ze had overgeschreven. Deels in het Arabisch, daarna overgaand in haar eigen taal. Sophie herkende de eerste woorden, zocht het snel op op haar telefoon en schakelde die gelijk weer uit. *'O, Allah, ik zoek de toevlucht bij U tegen zorgen en verdriet, tegen lafheid. Ik zoek de toevlucht bij U tegen de overweldigende schuld en de macht van de mannen.'*

Een spiertje in haar rechteroog begon te trillen. Met een strak gezicht deed ze het schrift weer dicht. Het volgende moment viel alles stil in haar. Ze zag Zala voor zich, die dit zat te schrijven, haar bovenlip omgekruld van concentratie. Niemand weet nu wat we moeten doen. Ik ben bang.

Ik had niet weg moeten gaan die middag, dacht Sophie. Dan was alles anders gelopen. Ik weet ook wel dat dat onzin is, dat ik ook dit niet had kunnen tegenhouden. Maar toch, toch had ik beter naar haar moeten luisteren. Toen ze over haar vader wilde vertellen. Over de mannen die hen weg wilden sturen. Als ik beter had geluisterd, zou er dan niet iets anders zijn gegaan? Was er dan niet iets geweest dat anders was gelopen, al was het maar iets kleins? 'Ik weet het niet,' fluisterde ze in de stilte, 'ik heb geen idee.' Want wat was nog echt in deze wereld?

Ze haalde de losse pagina uit het schrift, en schoof hem onder haar trui, liep de gang door naar Zala's kamer. Ze duwde de deur open en zag op de grond de matjes met daarop de opgevouwen dekens. Aan de wand een witte vlek waar de foto van haar vader had gehangen. Ze keek er ingespannen naar en opeens zag ze Zala daar liggen, met de rug naar haar toe. Als vanzelf kroop ze naast haar, ging met haar gezicht naar de deur liggen, haar rug tegen Zala's rug. Zala schrok wakker, en draaide zich om. 'Hee. Wat is er? Sophiedjan? Wat is er aan de hand? Je bent helemaal koud!' Ze ging rechtop zitten en trok Sophie aan haar schouders naar zich toe, sloeg haar armen om haar heen en fluisterde: 'Wat is er? Waar was je nou?'

Sophie schudde haar hoofd, de regen trommelde in de dakgoot, en ze dacht aan haar telefoon die nog steeds uitstond. 'Alles gaat mis, Za, er komt een aanslag,' fluisterde ze, 'er komt een grote aanslag, iedereen gaat dood.' Toen besefte ze weer dat de woorden Zala niet bereikten en snikken welden op in haar keel. 'Alsjeblieft, Za, waar ben je? Nu weet ík niet wat ik moet doen.' Ze duwde haar mond tegen haar pols om het schokken van haar lichaam op te vangen.

– 16 –

Zonder bestemming rende ze de straten door, omgeven door het piepen van haar ademhaling en het geluid van haar stappen. Ze holde door de winkelstraat en kwam uit bij de markt, waar ze uit wanhoop het aangrenzende parkje insloeg en de sportvelden overstak. De aarde verhief zich steunend en vochtig onder haar gympen en bij elke ademhaling voelde ze het vel papier uit het schrift van Zala tegen zich aandrukken en de woorden in haar hoofd opklinken: *'O, Allah, ik zoek de toevlucht bij U tegen zorgen en verdriet. Ik zoek mijn toevlucht tot U tegen de overweldigende schuld...'* De schuld om te leven, dacht Sophie, de schuld dat ik leef en niemand bij me kan houden.

Ze naderde de moskee en ging langzamer lopen, overwoog een fractie van een seconde rechtsomkeert te maken naar de metro, maar realiseerde zich dat ze de wijk nog niet wilde verlaten. Ze liep dieper het parkje in. In de verte stak het glinsterend koper van de koepel van de grote moskee licht af tegen de lucht. Dichterbij, aan de rand van het parkje, was de buurtmoskee waarvandaan stemmen opstegen, het wemelde er van de mensen, het waren er veel meer dan normaal. Natuurlijk, dacht ze opeens, het was vandaag het Offerfeest. Hoe kon ze dat zijn vergeten? Na het Suikerfeest het Tweede Grote islamitische feest, of Eid Feest, dat samenviel met het einde van de hadj, de pelgrimstocht naar Mekka. Iedereen kleedde zich dan mooi aan, en kwam samen om te bidden en eten. Als alles anders was gegaan, dacht ze triest, had ik het misschien bij Zala kunnen vieren.

Ze hield haar blik naar de grond gericht terwijl ze de mensenmassa passeerde, maar vlak voor de moskee uit haar gezichtsveld verdween, draaide ze zich om. Het was niet mogelijk gezichten te onderscheiden, en toch had ze kortstondig het idee dat ze met iedereen, met elk afzonderlijk mens dat daar stond, in een en hetzelfde moment oogcontact had. Ze keken haar allemaal vragend aan: Wie ben jij? Wat doe jij hier?, en draaiden in één beweging hun gezicht weer weg.

Ze sloeg de volgende straat in, en plotseling waren ook hier overal mensen. Mannen en vrouwen van alle leeftijden, in hun djellaba's, die zich ruisend om hun lichamen plooiden, hun ritselende hijabs, sommige met lovertjes die glinsterden in de straatlichten. Hun heldere stemmen vulden de lucht. Kinderen renden tussen de volwassenen door, die heen en weer wandelden met schalen vol eten, sommige met opgestoken paraplu's die deinden boven hun hoofd. Meisjes van haar leeftijd, donkere en witte gezichten onder hun hijabs, in spijkerbroeken of jurken, op gympen. Misschien waren er bekeerlingen bij, bij wie de klanken van de shahada nog zoet en licht op hun lippen kleefden als poedersuiker, trots dat ze erbij hoorden. 'Eid Mubarak,' fluisterde ze in de stilte, 'Gezegend Offerfeest.'

Ze kwam tot stilstand bij haar vaste bankje, haalde haar telefoon tevoorschijn maar liet het geluid uit. Onmiddellijk stroomden er berichten binnen, maar ze keerde haar gezicht ervanaf, en stak de telefoon terug in haar zak. Meteen weer het trillen. Nog eens. Haar linkerhand omklemde de telefoon in haar zak en de rechter klemde zich vast om de koordjes van haar capuchon. Nog even verroerde ze zich niet. Toen haalde ze haar telefoon opnieuw tevoorschijn. Een golf aan chatberichten van Isra overspoelde het scherm. Bij Isra's Facebookaccount stond weer een nieuwe tekst. *Death comes unexpectedly, are you ready for it?*

'Heb je alles gelezen?'

'Check je messages, het is hel! bel me als je wilt.'

'Tisssaaaa, dit is afschuwelijk. Ik werd vandaag egt m3asseb heb je nog niet eens verteld.'

'Ik kan niet wchten met je te praten.'

'Laat me ff weten waar je bent!'

'Bel me'

'Helllloooooo Where are u? Leef je nog?'

'Sorry, salaam alaiku, Yasmina, sister, ben je daar?'

'Sub7anAllah...... Het is voorbij, Yas, bel me.'

'Ik moet je spreken. Ik wist dat dit zou gebeuren.'

'Wanneer kom je ooit online???'

– 17 –

Er was nu niets anders dat ze kon doen dan de moskee in gaan. Achter een avondwinkel aan de kant van de weg probeerde ze haar hijab om te knopen, een beetje door haar knieën gezakt zodat niemand haar kon zien. Ze controleerde in de etalageruit vluchtig hoe ze eruitzag en liep vervolgens terug, liet zich met knikkende knieën opgaan in de massa die door de vrouweningang naar binnen stroomde, en door een gangpad naar de zaal liep. Ze durfde op het laatste moment toch niet mee naar binnen en dook de toiletten in. In de spiegel zag ze hoe bleek ze was en ze zocht steun op de wasbak. De deur ging open en een paar gesluierde meisjes kwamen kwetterend binnen. Sophie ging een wc-hokje in, sloot behoedzaam de deur, en liet zich binnen met haar rug tegen de muur naar de grond zakken, haar telefoon voor zich op de tegelvloer. Ze ademde te hoog, te snel, en al was het hier benauwend warm, ze wist dat ze voorlopig niet meer naar buiten zou gaan. Ze deed haar ogen dicht, en luisterde naar de stemmen van de meisjes. De tonen zo helder en melodieus. Ze herkende het als Berbers en de klanken boden even een kalmerend reliëf voor haar angsten en de ruis van alle gedachten. Een paar minuten zat ze op de grond met haar ogen gesloten. Toen sloeg de deur dicht, en de stemmen stierven weg. Ze kroop richting de telefoon en boog zich over het schermpje. Negen gemiste oproepen. Ze zette het geluid uit en datzelfde moment zoemde de telefoon alweer. Isra belde opnieuw. En nog eens. Elke keer drukte Sophie haar weg. Ik kan het niet aan, Zala is weg, ik kan nu niet praten. Ze tikte met haar wijsvinger op de grond, driemaal, nog driemaal.

Weer belde Isra.

Wat moest ze van haar? Ze appte: *'Wat is er?'*

'Bel me!'

'Ik ben op school.'

'Yasmina alsjeblieft! Ben je daar? Bel me nu... Halloeoooo...'

Minuten verstreken. Sophie hees zich op de toiletbril en staarde naar haar telefoon, die een eigen leven leidde en weer knipperde, trilde. Ze nam op maar zei niks, hield haar adem in, en wachtte. Het schermpje vulde zich met schokkerige beelden. Isra's gezicht verscheen, zoals ze dat kende. Daarachter strekte zich een lucht uit van een onvoorstelbaar fris en helder, blauwgroen, vol licht, als ondiep water, een golf. Was dit de zuivere adem van God die hij uitblies boven zijn kalifaat?

De lucht in het wc-hokje was drukkend en dik. Ze boog zich voorover en wachtte op Isra's stem, opeens even nieuwsgierig als angstig naar hoe die zou klinken, maar er was even alleen het ruisen van haar longen, terwijl ze huilde met onregelmatige, verstikte uithalen. 'Yas,' zei ze toen, haar stem geknepen van de inspanning, ' 'Yasmina sister,' haar stem was zwaarder, gruiziger en donkerder dan ze had verwacht. 'Doe het niet. Alsjeblieft. Kom niet hier...' Even brak haar stem af, de verbinding kraakte. 'Yas, ik bel alle zusters uit Nederland met wie ik contact heb om het te zeggen. Niet hierheen komen.' Isra' s gezicht kwam weer dichterbij. De iets uitstekende kin, zwarte, borstelige wenkbrauwen, onopgemaakt, haar bleke gezicht verpakt in de zware stof van haar burqa, die was strakgetrokken langs haar kaken.

Opeens drong het weer in alle hevigheid tot Sophie door waarvandaan ze belde. Ze draaiden zich naar elkaar toe en keken elkaar met knipperende ogen aan. Als vreemden. Als de vreemden die ze waren, en die elkaar nu voor het eerst zagen. Toch was er ook een soort griezelige herkenning en heel even was het alsof Isra's ogen als stille lichten op haar rustten, zonder iets te vertellen.

'Wat is er?' fluisterde Sophie. 'Wat, eh... Wat doe je?' De verbinding viel weg en ze probeerde haar opnieuw te bellen, ze wilde nu niets anders dan haar in haar gezicht kijken. Alsof daar de antwoorden lagen die ze zocht. Ging zij echt een aanslag plegen? Ging zij iets opblazen, ging ze mensen vermoorden? Wilde ze dat zelf, of moest het van IS? Ze ving een kreet op, slaakte die zelf, een gesmoorde kreet, die ze niet kon duiden. Een geluid dat al heel lang ergens in haar keel opgeborgen moest liggen en zich nu omhoog perste.

Isra belde weer, haar telefoon begon harder te trillen. 'Yas,' haar stem sloeg over, 'Yas, sister. Ik kan maar kort praten, anders luisteren ze mee, en weten ze wat ik zeg, het mag niet. Ze gaan me. Ze gaan... Wat ik wil zeggen is: don't take a holiday. Echt niet.' Haar woorden braken weer in een kort, gesmoord gesnik, maar nu klonk het als een soort gegrom, diep vanuit haar keel. Een beangstigend en onwerkelijk geluid. Ik moet ernaar vragen, dacht Sophie. Wat er gaat gebeuren. Ze kroop weer dichterbij.

Een lange stilte. Buiten zoemde verkeer langs.

'Leugens zijn het, Yas,' Isra's stem klonk opeens van ver weg, 'alles is hier vies en slecht.'

Sophie drukte de telefoon tegen haar oor. In de verte, vanuit de grote zaal, schalde de *adhan*, de oproep tot het gebed, gevolgd door het wanhopige en gekwelde gejammer van tientallen mannen en vrouwen die God aanriepen.

'Er is een bom gevallen naast mijn huis,' fluisterde ze, 'zusters zijn geraakt door scherven, Yas, zusters zijn gewoon geraakt.'

Sophie stond op en liep het hokje uit. Misselijk speurde ze in de spiegel haar eigen goddeloze gezicht af, dat vervaagde achter een soort waas. Ze herinnerde zich de foto van haar vader en Isra, staand voor de ingang van de rechtbank; de schaduwen van hun lichamen, die van hem langgerekt en smal, die van haar rond als een put in de grond. Vraag het nu, dacht ze, stop haar nu het nog kan. Maar in plaats daarvan vroeg ze: 'Waarom deed je het?' Ze voelde haar eigen stem alweer trillen. 'Waarom ging je terug?'

'Terug waarheen?'

'Syrië. Nadat je was vrijgelaten uit Vught.'

Even was het stil. Isra's mond was een bibberende lijn. 'Hoe weet je dat?'

'Het is een kleine wereld.'

Een moment keken ze elkaar alleen maar aan. Toen begon Sophie weer te praten. 'Je advocaat. Hij is mijn vader. Hij was mijn vader.'

'Je vader?' Isra boog zich weg van het scherm, en keerde terug met roodomrande ogen. 'Ik heb gelezen van hem.' Ze begon weer te huilen. 'Vergeef me. Ik vraag je om te vergeven.'

De verbinding ruiste en viel weg. Maar Isra begon onmiddellijk te chatten. *'Ik weet niet wat ik wil tikken of zeggen, maar vergeef mij.'* Ze was alweer aan het typen. *'Ik wil zeggen, sommigen kwamen hierheen uit haat. Ik kwam niet uit haat. Ik was alleen maar kwaad op mezelf.'* De berichten kwamen sneller binnen dan ze kon antwoorden. *'Ik heb veel nagedacht. Ik loog omdat ik weg moest uit Nederland. Ik deed dingen die niet mochten. Ik dacht, God is kwaad op mij. Hij wil mij niet meer. Ik wilde terug naar de bron. Mezelf zuiveren. Ik dacht, daar is het alsof je terug gaat in de tijd, alsof je verhalen hoort van de quarysh van de profeet. Maar je weet het pas, als je er bent, hoe het is.'* Ze schreef: *'Ik was blind, ik dacht dat God me had verlaten. Nu heb ik mijn moeder ziek gemaakt.'*

Sophies tong lag doods in haar mond en haar vingers waren verstijfd.

Ze ging maar door. *'Je moet me geloven, ik kwam niet om te sterven. De eerste keer dat ik ging wist ik niet eens waar Syrië lag. Ik wilde weg van het gevoel van: waarom leef ik? Ik dacht daar, in Shaam, kom ik weer bij God. Maar hij is hier niet. En ik zeg eerlijk, nu, met alle bommen, denk ik wel aan sterven. Kom niet hierheen, Yasmina, you are blessed.'*

Even was het stil, maar toen belde Isra weer en opnieuw viel de verbinding haast onmiddellijk weg. Het schermpje was donker en verlaten, de duisternis doodstil.

Wat moet ik doen? Ik moet haar helpen, dacht Sophie wanhopig. Dat had papa gewild, ondanks alles. *'Kom terug!'* typte ze.

'Het gaat nt.'

'Ik kan je geld sturen?'

'Ik kan nt terug.'

Sophie aarzelde, wist even niet wat ze moest typen en ze kreeg alweer een nieuwe oproep. 'Isra?' Gekraak. Net voor de verbinding weer werd verbroken, bereikten haar alleen nog wat verwaaide woorden, woorden die de rest van de avond, en nacht, misschien wel voor altijd, door haar hoofd zouden stormen. 'Het is te laat, Yasmina, voor mij is het te laat.'

Sophie zat nog een hele tijd naar het scherm te staren, dat abrupt zwart was geworden. In haar oren klonk alleen een zacht, jammerlijk gegons en er verspreidde zich een diepe leegte in haar.

– 18 –

Bij haar vaste halte was de metro net weg. De volgende kwam over negen minuten. Met haar handen tot vuisten gebald in haar zakken, de niqaab weer in haar rugzak, volgden haar ogen nauwlettend de wijzer van de klok op het perron, die tergend traag verschoof. Tien seconden, elf seconden, twaalf seconden, dertien seconden. Ze was te ongedurig om langer te wachten, stormde de trappen af en zette het op een rennen. Haar adem loste op in het donker, en ze rende alsof de tijd haar in zou halen, de banden van haar rugzak snijdend in haar schouders. Het hagelde nu harder en pitjes van samengebalde kou spatten tegen haar gezicht, haar wangen. Haar longen verkrampten en haar benen werden zwaar en stram. Algauw lag er een centimeters dikke laag van wit, gruizig ijs waar haar voeten in weggleden. De neerslag bleef maar vallen, totdat haar zicht niet verder reikte dan een paar meter. De stad om haar heen verdween. De hemel ging over in het water van de haven, tot alleen de lichten van de straatlantaarns en ramen overbleven, en de trillende sporen die de koplampen van de auto's achterlieten op het wegdek. Ter hoogte van het stadhuis moest ze langzamer gaan lopen om op adem te komen. Haar hals was nat van het zweet. Een paar haltes verder stapte ze alsnog in, haar telefoon nog steeds uitgeschakeld, nu diep weggestopt in haar binnenzak, doodsbang voor wat er nog kon komen. Voor mij is het te laat, klonk het nog steeds in haar door. Isra's gesnik. Ze trok de capuchon over haar natte hoofd, en van onder de strakgetrokken stof keek ze onbeweeglijk naar zichzelf in de ruit. Naar die ogen die niet bij elkaar pasten, het ene altijd iets te wijd open, met een haast continu verbaasde uitdrukking, het andere een beetje dicht, op zijn hoede, alsof ze altijd argwanend was naar alles dat haar kant op kwam, misschien zelfs, of juist, naar dat wat haar redding had kunnen zijn.

De tuin was volledig verduisterd toen ze thuis aankwam. Binnen brandde slechts een eenzame lamp in de woonkamer. Ze kon zich er niet toe zetten de deur te openen en liep een tijdje achter het huis heen en weer, alsof ze wachtte op een teken. Na een paar minuten stapte ze binnen en zag meteen dat er iets mis was. Haar tante zat met haar bord op schoot voor de televisie, maar ze at niet. Zodra ze Sophie zag, legde ze haar lepel neer en keek haar aan.

Sophies hart bonsde wild, maar tegelijk daalde er iets over haar neer waardoor het leek alsof ze zich deze situatie, alles wat er nu gebeurde, al wist te herinneren. Alsof het al was gebeurd. Daar zat tante Luci in haar zwarte jurk met de geborduurde bloemen en ze zei geen woord, het bord wankelend op haar knieën, alsof dat niks met haar te maken had. De televisie verspreidde een mistig schijnsel, het beeldscherm licht trillend alsof het toestel worstelde met het weergeven van de beelden, zich ertegen verzette.

Een aanslag, natuurlijk, er was een aanslag geweest. Midden op straat, ergens in een ander land walmde vanuit een zwartgeblakerd geraamte van een stadsbus rook op. Mannen en vrouwen renden af en aan met brancards vol bewegingloze lichamen. Kinderen krijsten en sirenes loeiden. Sophie klemde haar kaken op elkaar. Met samengeperste lippen ging ze op het uiterste hoekje van de bank zitten. Aan de mensen en gebouwen te zien was dit buiten Europa. Was het Syrië? Had Isra dit echt gedaan? Had de aangesnoerde bomgordel al om haar heupen gehangen toen ze net met elkaar praatten? Alsjeblieft, dacht ze. Alsjeblieft. Laat het Syrië zijn. Dat zou het meest verschrikkelijk denkbare zijn wat er bestaat. Dan is het papa's schuld. Maar alles beter dan Afghanistan. Zaladjan, misschien ben je daar al. Is dit Kandahar? Is dit jouw stad? Of is het Kabul, is dat gebouw de universiteit waar je vader heeft gestudeerd? Het ziekenhuis waar hij werkte? Haar tante draaide haar gezicht naar haar toe. Alsof ze haar gedachten kon lezen, zei ze: 'Het is in Syrië. Het is al opgeëist. IS natuurlijk.'

Sophie knikte en knipperde. Ze zat doodstil, alsof er niks gebeurde. Alsof er niks werd gezegd. Alsof haar tante, met afgewend gezicht in de vuile, grijze gloed van de televisiestraling, niet begon te vertellen dat dit de grootste aanslag was in Syrië sinds het uitbreken van de oorlog. 'Zowat een half winkelcentrum ontploft. Weer een gek die zich heeft opgeblazen.'

Wezenloos staarde Sophie naar het scherm. Haar ogen waren dode dingen, die niets zagen. Hard en onbuigzaam als glas lagen ze in hun kassen. Zij en haar tante zaten daar maar en geen van beiden verroerde zich. Na een tijdje, toen het journaal voorbij was en er een quiz werd aangekondigd, knipte haar tante de televisie uit en verdween naar de keuken.

Sophie vertrok naar haar kamer om alleen te zijn. Daar ging ze op haar bed liggen met alle lampen uit. Licht dat van de weg kwam, drong zich hinderlijk door de dichtgetrokken gordijnen en trok in gebogen lijnen door de kamer. De auto' s raasden met onregelmatige tussenpozen langs, hun gedruis luider dan anders, hun langstrekkende lichten steeds maar aanzwellend en afnemend, dat zou nooit meer ophouden. Het ritme van de wereld. Ze draaide zich op haar buik, terug op haar rug. Ze was zo uitgeput, bedolven onder alles wat er gebeurde, dat ze geen gevoelens meer kon onderscheiden. Zala leeft, dacht ze alleen maar. Isra is dood. Ze durfde niet op haar Facebook te kijken, maar ze wist het zeker: zij heeft het gedaan. Ze is daar gestorven. Papa, ze is alleen gestorven tussen vreemden in een vreemd land, een zinloze dood in een oorlog waar ze niks mee te maken had. Precies zoals jij zei.

– 19 –

Zonder plan nam ze de metro naar het zuiden van de stad. Ze keek met verbazing naar het uitzicht. De minaret van de grote moskee verscheen en kwam dichterbij. Het viel haar nu pas op hoe klein die eigenlijk was. Het stelde niks voor, het was niet meer dan een smal uitsteeksel, een zieltogend armpje dat de hemel in wees. Onzeker over wat het aanduidde. Een God die er niet was? Verder boven de gebouwen hing een duistere leegte zover het oog reikte.

Ze stapte uit in het centrum. Ook hier keek ze om zich heen alsof haar ogen verwachtten een andere stad te zien. Alsof de aanslag hier was geweest, in haar eigen stad, en niet vijfduizend kilometer verderop, in Syrië. Alsof ze hier, in haar vertrouwde straten en op haar bekende pleinen, rookpluimen zou zien opstijgen, er as, stof en roet zou opdwarrelen van tussen de karkassen van de aan puin geschoten gebouwen. Dat stinkende dampen van verschroeide lichamen opstegen uit de overblijfselen van winkels en kantoren langs de straten, en bij de kantoorpanden aan de oever van de rivier de stank zo doordringend was dat ze haar sjaal tegen haar neus aan duwde en haar gezicht afwendde. Willekeurig schoot ze straten en stegen in, maar toen overviel haar de vreemde angst dat iemand opeens haar naam zou roepen, haar herkende. Dat de drie jongens in djellaba's die ze op een hoek tegen de gevel zag hangen, met hun gezichten naar elkaar toe gebogen over een telefoonscherm, opeens rechtop zouden schieten, op haar afkwamen. De belachelijke angst dat deze islamitische mannen wisten wat ze had gedaan. En wat ze niet had gedaan. Dat ze God had geprobeerd te vinden, hun God, maar op de verkeerde manier. Zo verkeerd dat ze hun geloof misschien wel had bespot, terwijl ze juist niets liever had gewild dan het te verdedigen. Erbij te horen. Dat ze niets had gedaan om Isra tegen te houden. Al had ze dat misschien niet gekund, ze had het niet eens geprobeerd. Haar lichaam begon te trillen. Andere gedachten moest ze vinden, andere straten. Vertrouwder, beter verlicht, straten waar winkels waren en waar ze in de menigte kon opgaan.

Maar net voor ze van koers kon veranderen, kwam vanaf de andere kant van de straat een groepje politieagenten aanlopen. Ze keken haar kant op. Ze bleef staan, haalde langzaam haar handen uit haar zakken en probeerde woordeloos over te brengen dat ze het wist. Want in haar verbeelding kwamen ze voor haar. Ze voelde haar vingers tintelen. Ze keek toe hoe de twee mannelijke agenten de weg overstaken, en nog voor ze tot stilstand waren gekomen, was het al gebeurd. De grootste legde zijn hand op zijn holster en kneep zijn ogen samen, sprak haar aan en begon routineus te praten. Ze hoorde haar naam vallen, herhaald worden.

'Sophie, ten Boer, ben jij Sophie ten Boer?'

'Dat ben ik.'

'Kun je je identificeren?'

'Ja.'

'We dachten al dat jij het was. Je bent gearresteerd en je moet mee naar het bureau. Je hoeft geen antwoord te geven op vragen en je hebt recht op een advocaat. We zullen je ouders bellen om te zeggen dat je op het bureau zit, geef ons je telefoon maar. Daarna houd je je armen voor je lichaam en je blijft rustig staan tot je de auto in mag.'

Haar hart begon te bonzen. Er gebeurde iets en zij maakte er deel van uit. Nog voor ze er verder over kon nadenken, zat ze al achter in de politiewagen, op veilige afstand van de stad. Van achter glas zag ze de straten en gebouwen aan zich voorbijtrekken, en op datzelfde moment ontstond er een gat in de tijd, die eindelijk even stilstond, een gat dat zich oprekte en alles in zich opslurpte, terwijl ze wegreden over de brug, het glinsterende water onder haar, een gat waar geen licht bij kon en waar niks uit kon ontsnappen, en waarin ze op een prettige aangename manier wegzakte. Even rust. Even hoefde ze nergens meer over na te denken. Niet te piekeren over voor wie ze leefde, en waarom, over alles waar ze bang voor was, wat ze waard was en bij wie ze hoorde. Alleen voor hen, in hun ogen, was ze nog even iemand. Een meisje dat medeverantwoordelijk was voor het plegen van een verschrikkelijke wandaad. Iemand die er meer van wist. Dat gingen ze nu uitzoeken.

Het volgende moment zaten ze in een kille ondervragingsruimte. De agenten leunden over het tafelblad, keken haar recht in de ogen, hielden haar blik vast en stelden haar vragen over wat ze wist. Over de jihadi's in Syrië, alle kalifaatkinderen van haar vader. Of ze soms ene Isra El Hannouri kende. Ja, die kende ze. En, had Isra haar niet een paar uur geleden opgebeld en laten weten dat ze klaar was om te sterven? Ja, dat was zo. Nu kwam ook haar vader binnenstappen, met zijn warrige haar, blauwe das, een van de schrijfblokken onder zijn arm. Hij ging bij haar zitten, schoof zijn stoel dichterbij, keek haar begripvol aan en luisterde.

Ook al had ze niets gedaan, het voelde nu alsof zij overal medeplichtig aan was. Alsof alles dat er was gebeurd door iemand anders was gedaan, maar tegelijkertijd leek het alsof zij al die mensen zelf was, alsof ze allemaal in haar samenkwamen. Zij was haar vader, ze was Zala, ze was Isra, en in haar, ergens roerloos op de bodem van haar ziel, lagen er verzonken herinneringen van alles wat zij hadden gezien, gehoord, gevoeld. De nagalm van de harde oorlogsknallen in nachtelijk Afghanistan, in Ibdil, Raqqa, de lange, vermoeiende uiteenzettingen over onschuld in de rechtszaal, het trillen van strijdliederen van IS in haar keel, zelfs het korte, droge geluid van het omgespen van de bomgordel, door Isra, of wie het ook was die het had gedaan, alsof het haar eigen handen waren, die daarnaar hadden getast, ze hoorde het in elkaar klikken van metaal in metaal. Dat alles was zo dichtbij. Maar de wereld was op hetzelfde moment zo ver weg dat ze er niet meer over kon nadenken. Ze kneep haar ogen dicht, zo stevig als ze kon, hoorde het razen van het bloed in haar hoofd en oren en in het warme duister achter haar oogleden vloeiden lichten over elkaar heen, als toen ze de eerste keer de recitaties uit de kamer van haar vader hoorde en daar galmden nu ook de klanken van de shahada doorheen. 'Esh-hedoe el-laa ilaha illa Allah, wa esh-hedoe ennaa Mohammedan rasoel Allah,' fluisterde ze, en nu mocht het even. Al wist ze dat als ze haar ogen weer zou openen, ze zich weer zou blootstellen aan de wereld en er niets veranderd zou zijn.

DANKWOORD

Met speciale dank aan: Anne, Annelies, Asmaa, Azad, Cole, Denise, Feline, Franceska, Gerda, Hannah, Ilke, Jorrit, Juliette, Marscha, Michaël, Najib, Reda, Simon, Sladjana, Trisha en Willemijn. En met meest speciale dank aan Marike ♥.